꿈꾸는
나무

꿈꾸는 나무 -사춘기 소년의 그림 여행
박정환

2015년 11월 22일 초판 1쇄 발행

지은이 박정환
펴낸이 조기수
펴낸곳 출판회사 헥사곤 Hexagon Publishing Co.
등 록 제 396-251002010000007호 (등록일: 2010. 7. 13)
주 소 경기도 고양시 일산동구 숲속마을1로 55, 210-1001
전 화 070-7628-0888 / 010-3245-0008
이메일 coffee888@hanmail.net

ISBN 978-89-98145-54-5 03810

이 도서의 국립중앙도서관 출판예정도서목록(CIP)은 서지정보유통지원시스템 홈페이지
(http://seoji.nl.go.kr)와 국가자료공동목록시스템(http://www.nl.go.kr/kolisnet)에서 이
용하실 수 있습니다.(CIP제어번호: CIP2015031115)

꿈꾸는
나무

HEXAGON

책을 펴내며

　여행을 다녀와 글을 쓴 지 3년이 흘러 어느덧 만 18살의 고등학생이 되었다. 책을 펴내기 위해 아버지가 많은 출판사 선생님들을 만나고 나도 아버지와 함께 그분들을 찾아뵈었다. 여러 출판사에서 내 글과 그림이 선정되지 못하다가 출판회사 헥사곤에서 출판을 해 보자고 허락을 하셨다. 15살에 쓴 글을 책으로 엮기 위해 다시 읽어 보니 당시 생각했던 것보다 많이 부족한 글들이었다. 그래서 학교생활을 하며 시간 날 때마다 스스로 글을 조금씩 다듬어야 했다. 요즘은 제법 어려운 인문학 책도 많이 읽고 과제로 에세이를 제출하면서 글을 쓰는 능력이 발전했지만 여행을 하던 15살 때의 내 마음을 해치지 않기 위해 글의 문장만 조금씩 고쳐야 해서 어려웠다.

　세계 여행을 마치고 중학교 3학년부터 다시 시작하며 애들에게 한 살 많은 형으로서, 친구로서 대하며 지냈다. 복학생이기 때문에 애들이 나를 대하기 힘들어 했고 나는 다가가기 위해 학년이 바뀔 때마다 회장을 하면서 조언을 하거나 깊은 이야기를 많이 나누려고 노력했다. 여행을 가기 전에는 친구들과 지낼 때 조금은 충동적인 면이 있었는데 여행을 다녀온 후에는 더 따뜻하게 사람들을 대할 줄 알게 된 것 같다.

　요즘 나는 여행에서 찾은 나의 꿈인 예술가가 되기 위해 여러 노력을 하고 있다. 특별히 학원에 다니지 않고 인터넷이나 참고서로 열심히 공부를 하고, 고전 인문학 서적들을 독파하고, 과학적 사고를 위해 '아두이노' 기계 프로그래밍을 연구하는 학교 동아리에 들어가 과학 논문을 쓰면서 짬짬이 혼자 그림을 그리고 있다. 기발한 아이디어가 생기면 노트에 적어 놓고, 문제집을 풀다가 좋은 시가 떠오르면 적어 두었다가 나중에 교정하는 등 다방면의 일들을 스스로 할 수 있게 되었다. 물론 학교 친구들과 시간이 날 때 피시방이나 노래방도 다니면서 즐겁게 어울리며 우정을 쌓고 있다.

세계 여행을 다녀온 후 나는 내가 하고 싶은 일들을 계획하고 실천할 수 있는 부지런함을 가지게 되었다. 누군가에 의존하지 않고 해야 할 일을 찾아서 한다는 것이 얼마나 중요한지 학년이 올라가며 더 깊게 깨닫고 있다.

이 책을 만드는데 많은 시간이 걸렸다. 부모님은 어떤 결과를 바라기보다 내가 여행을 하며 경험했던 것들이 글과 그림이라는 자료로 남아 그 자양분을 통해서 나의 삶과 일상의 하루하루가 소중하게 여겨지기를 바라신다. 그동안 아들을 위해 여행을 계획하고 내게 여행기를 쓰고 그림을 그려 책을 만들 것을 조언해 주시고 지켜봐 주신 부모님과 책이 나올 수 있도록 도와주신 조기수 선생님과 많은 분에게도 감사드린다.

2015 박 정 환

사춘기 소년의 그림여행

꿈꾸는
나무

중국

두려움과 긴장으로 시작된 여행, 쿤밍

　여러 여행기를 읽을 때면 여행의 처음은 "이런저런 어려움을 겪은 뒤 우리의 여행은 이렇게 시작되었다." 하며 말하는 것이 다들 비슷해 꾸며낸 에피소드라고 생각했었다. 그러나 여행을 다녀 보니 우리 가족도 어쩔 수 없이 많은 어려움과 에피소드를 겪었다.

　그 시작은 출발을 앞둔 인천공항에서 삼촌들의 배웅을 받고 공항 안으로 들어왔는데 자동차 뒷좌석에 여권을 놓고 내린 것을 알아 부랴부랴 삼촌들이 되돌아오는 일이 벌어졌다. 극적으로 여권을 받아서 비행기를 탔는데도 너무나 놀란 뒤여서인지 나는 사춘기 청소년 특유의 화가 난 무표정으로 우울하게 비행기를 탔다. 최근에는 내 마음에 안 들기만 하면 열이 올라오는 것을 보아 내가 생각해도 마의 중2병인 듯했다. 그래도 쿤밍으로 가는 비행기 안에서 예쁜 승무원 누나들이 친절하게 잘 대해 줘서 마음이 곧 풀렸다. 간식도 다른 사람들보다 더 주고 사적인 이야기를 나눌 때 예쁜 얼굴이 코에 닿을 만큼 가까워서 사춘기 소년은 여행의 설렘보다 더 가슴이 떨렸다.

비행기 안에서의 시간이 짧게 지나가고 자정이 가까운 캄캄한 밤에 쿤밍의 공항을 나왔다. 관광객들을 보고 뛰어온 택시 기사들 중에 마음 좋아 보이는 기사아저씨의 차를 탔다. 아버지가 미리 알아 놓으신 한인 숙소를 알려주었다. 그래도 중국의 큰 도시인데 '영어로 소통이 되겠지' 하며 중국어를 한마디도 준비 안 했는데 정말 오케이도 못 알아듣는 기사아저씨를 만났다. 우리는 달랑 한문으로 적어 온 종이쪽지를 보이며 그 장소에 내려 달라고 몸짓으로 표현할 뿐이었다.

아저씨는 인적이 없는 시내 한복판의 고층 건물 앞에 우리 가족을 내려 주었다. 프랑스까지 안전하게 들고 다녀야 하는 캐리어와 각자의 큰 배낭을 메고 건물 안으로 들어갔다. 영화에서 보던 것과 똑같이 엘리베이터에서는 중국 전통노래가 흘러나왔고 '띵'하는 정지음을 듣고 내리자 이번에는 '지~잉'하며 소리를 내는 형광등이 녹회색 복도를 따라 뻗어 있었다. 으스스했지만 도착했다는 마음에 약간의 안도감을 갖고 빨간 한문 스티커가 붙어 있는 문을 두드렸지만 웬일인지 아무리 두드려도 답이 없었다. 우리는 복도에 털썩 주저앉아 어떡하나 막막하기만 했다. 하지만 아버지가 곧바로 한인 주인장 아저씨에게 전화를 걸어 이사 갔다는 것을 확인하고 다시 택시를 타러 나왔다.

여행은 이럴 수도 있고 저럴 수도 있다며 즐겁다며 웃는 아버지와 아버지를 믿으니 괜찮다고 말하는 엄마 때문에 나만 긴장된 것처럼 보여 부모님한테 신경질도 나고 나한테도 짜증났지만 무표정으로 표시를 안 냈다. 택시를 타고 숙소로 가는 동안 본 쿤밍의 밤은 하늘은 어두운데 주황색 가로등들 때문에 도로는 주황빛으로 밝고 우리나라 전철 공사할 때 도로에 철판 깔아 놓은 것과 똑같이 해 놓아 자동차가 지나갈 때마다 '드-드-드' 거려 마치 막막하게 끝나는 중국영화 속에 들어온 것 같았다. 셔터가 내려진 식당상가 앞에 내려 주고 떠나는 택시를 보며 또다시 나는 두려움을 느끼는데 자꾸 아버지가 즐겁지 않느냐고 물어봐서 대답도 안 하고 있었다. 마침 지나가던 중국인 누나를 만나 도움을 받고서야 무사히 숙소에 도착할 수 있었다.

도착해 보니 도저히 주소로만은 찾아올 수도 없는 숙소였던 것이다. 피곤에 지친 우리는 침대 두 개가 있는 작은방에 머물게 되었다. 몸을 조금만 움직여도 삐걱거리는 침대에 누워 여행의 첫날을 되돌려 보니 설렌 마음보다는 두려움과 긴장으로 보냈다. 이런 어려움들을 극복하면서 멋지게 변해 갈 내 모습을 상상하면서도 한편으로는 앞으로 벌어질 일들이 끔찍해서 잠이 제대로 오지 않았다. 결국 첫날부터 우리 가족도 다른 여행자들 못지않게 어둡고 음침한 낯선 곳을 헤매며 긴장과 두려움으로 가득한 여행을 시작하게 된 것이었다.

독수리가 날고 있는 쿤밍의 파란 하늘

따리 성곽 안의 관우당

쿤밍을 떠나 도착한 윈난성 따리는 대리석이 많이 나는 지역이다. 뭔지 모를 기운이 넘치는 창산이 있고 바다와 같이 거센 파도가 이는 얼하이 호수도 있다. 창산의 마을은 넓은 얼하이 호수와 함께 있다. 따리에는 역사드라마 세트장 같은 고성이 있는데 산속임에도 불구하고 높은 성벽이 사방으로 둘러쳐져 있었다. 그 안에는 많은 가게, 식당, 은행 등 없는 것이 없었지만 내게 가장 특별했던 장소는 관우당이었다. 사당의 대문을 지나면 중국답게 뜰이 넓고 사람들이 소원을 비는 여러 조각상이 회색 돌로 깎여 만들어져 있었다.

겉은 한국의 많은 색색 단청과 문패가 걸려 있는 절처럼 보였지만 부처님이 있을 자리에는 매우 커다란 관우가 카리스마를 뿜는 얼굴과 자세로 서적을 읽으며 앉아 있었다. 관우는 삼국지에 등장하는 인물로 용맹하고 힘이 센데다가 인자하고 의리 있는 장수로 나온다. 그렇지만 사실 삼국지는 실화가 아닌 소설이다. 많은 사람이 삼국지가 소설이라는 것을 모른다. 서점의 수많은 삼국지에 관한 서적들이 있고 이야기 속에는 구체적인 나라와 연도, 등장인물들의 행동과 심리가 잘 표현되었고 서로의 갈등까지도 현실적이기 때문에 그렇지 않은가 생각이 된다. 이런 면에서 거짓을 실화라고 믿어 버리는 중국인들이 무서울 정도로 대단했다. 예를 들어 영국인들이 해리포터가 진짜 있어 비밀리에 빗자루를 타고 날아다닌다는 것을 믿는 것과 다를 바가 없기 때문이다. 하지만 삼국지는 소설인 것에 상관없이 많은 사람이 읽고 교훈을 얻는다. 최근에는 사람들이 유비의 반대세력인 간웅 조조를 더 존경하고 좋아하는데 사실 시점이 유비 삼형제 쪽이어서 조조가 간웅으로 표현되었지, 인물 관으로 보았을 때 뛰어난 지도력과 많은 부하를 거느릴 줄 아는 이상적인 군주였기 때문인 것 같다. 조조처럼 성품과 철학이 좋은 사람은 많은 사람의 사랑을 받고 존경받을 수가 있다고 생각했다.

   소설 속의 인물도 존경받는데 나도 사람들에게 존경받는 사람이 되고 싶다. 나는 원래 너무 소심한 성격이라 초등학교 수업시간에 선생님이 발표할 사람을 뽑을 때면 가슴이 떨릴 정도였다. 목소리도 크고 활달하시며 사교성이 좋은 아버지도 어렸을 때 사람들이 말만 걸어도 떨려서 눈물이 찔끔찔끔 나왔다고 하셨다. 아버지는 노력으로 성격을 바꾸셨기에 나도 나를 바꿀 수 있을 것이라 믿고 변해 가려고 신경을

중국인들이 좋아하는 관우를 모시는 사당 입구

썼다. 처음에는 영화 속의 인기 많고 똑똑하며 운동도 잘하는 주인공들을 보고 똑같이 되려고 했지만 인기가 좋은 것이지 진실 되지는 않은 것 같았다. 그래서 부모님과 고민을 얘기해 풀어 가기도 하고 인문학 서적, 최근 유행을 타고 나오는 자기 개발서적 중에 데일리 카네기의 책을 많이 읽었다. 어쩌면 공부보다 몇 년간 더 깊이 생각하는 문제이기에 차츰 내 자신이 변하는 것이 느껴진다.

내가 되고자 하는 예술가는 개인적으로 활동하는 직업이지만 그와 별도로 나는 언젠가 나보다 더 뛰어난 사람을 곁에 둘 줄 아는 유비나 관우 같은 리더가 되고 싶다.

게스트하우스 넘버3의 추억

따리의 나무 그리기 1

　따리에서 우리가 묵은 곳은 한국인 제임스 아저씨와 재키 아줌마가 운영하는 넘버3라는 게스트하우스였다. 넘버3에는 책을 읽을 작은 테라스와 한국 음식을 먹을 수 있어 좋았다. 제임스 아저씨는 우리를 데리고 계족산 꼭대기에 있는 금정사와 국수를 만들어 파는 곳으로 유명한 웨이산으로 데려가기도 하고 족발이나 양꼬치, 맛있는 쌀국수 집을 안내해 주었다. 우리는 게스트하우스 옥상에 있는 아저씨의 차 방에서 다 같이 마작을 배우기도 했다. 어느 날 제임스 아저씨와 아버지가 술을 마시고 있을 때 키가 크신 아저씨 한 분이 문을 열고 들어오셨다. 이번에 서울에 있는 한 초등학교를 정년 퇴직하신 교장 선생님이신데 여행을 좋아해 중국으로 오셨다고 했다. 교장 선생님이셨다는 말씀을 들으니 내가 초등학교 3학년 때 담임선생님 심부름으로 운

따리의 나무 그리기 2

동장에 나갔다가 교장 선생님과 마주쳤는데 연필 몇 다스와 펜 몇 개를 주시며 똑똑한 사람이 되라고 말씀해 주신 기억이 떠올랐다. 그러나 상을 받을 때나 학생들을 모아 놓고 연설을 하실 때가 아닌 일상에서 교장 선생님을 만나 사적인 이야기를 하는 것은 쉬운 일이 아니라고 생각했다. 교장 선생님은 방학이 끝나고 학기가 시작될 때면 언제나 첫 단추를 잘 꿰어야 한다고 말씀하셨고 어디서나 위엄 있는 모습이셔서 거리감이 느껴졌었다.

그런데 이번 따리 여행에서 뵌 안진홍 교장 선생님은 내가 알던 권위적인 모습과는 달리 첫 만남부터 재미있는 이야기를 해주시며 친근하게 대해 주셨다. 정말 안 선생님만 달라서 그럴 수도 있겠지만 다른 교

물에 비친 겨울나무가 있는 얼하이 호숫가 풍경

장 선생님도 이런 사적인 자리에서 만나면 다 편안한 어른들이지 않을까 하는 생각도 들었다.

제임스 아저씨를 따라 얼하이 호수에 있는 작은 섬 남조풍정도에 놀러 갔을 때도 안 선생님과 사진을 찍으러 다녔는데 꽃 하나하나의 유래와 피는 시기까지 알려 주시고 향기도 맡아 보라고 하셨다. 사적인 자리지만 교장 선생님이라서 긴장을 하고 따라나섰는데 내 고정관념과 달리 안 교장선생님은 항상 즐거워하셔서 신기했고 그래서 계속 따라다녔다. 안 선생님은 걸음이 정말 빠르셔서 내가 뛰어가며 쫓아다녀야만 했다.

따리에는 중국 사극드라마 중 대박이 난 세트장이 있는데 어느 날 부모님과 떨어져 안 교장선생님과 따로 둘이서만

유쾌하고 낙천적인 인생여행가 아버지

간 적이 있다. 도착하자마자 비가 거세게 내려 그 많던 관광객들이 사라졌지만 우리는 한국인의 끈기를 보여 주자며 축구장 4개를 붙여놓은 면적을 다 돌고 공연도 보았다. 공연 중에 중국 차 석 잔이 나왔는데 선생님은 인생에는 단맛, 쓴맛 그리고 아무 맛도 없는 맛이 있다고 말씀해 주셨는데 공연에서 나눠준 차의 맛 또한 그러했다. 나도 앞으로 살아가면서 여러 가지 인생의 맛을 보겠지만 그래도 단맛을 가장 느끼고 싶다.

안 선생님이 해 주신 재미난 이야기 중에는 선생님이 지금의 아내분의 마음을 사로잡기 위해 배타기 이벤트를 준비한 적이 있다고 하셨다. 노를 한 번도 저어 본 적이 없었던 선생님은 멋지게 노 젓는 남자다운 면을 보여주기로 마음을 먹었다고 했다. 노를 각각 양손에 잡고 저어 나가는 배가 있는데 두 노를 동시에 돌리면 가다가 멈췄다가 가는 것을 반복하기 때문에 두 노를 반 바퀴씩 차이 나게 돌려 슬슬 가도록 연습하셨다고 했다. 일주일 동안 손에 물집이 잡히고 굳은살이 배길 정도로 준비하신 뒤 대학교 복도에서 젊은 시절의 아내분에게 지나가는 말로 "바다에 배나 타러 가지 않을래?" 하고는 멋지게 이벤트를 보여 주셨다고 한다. 안 선생님으로부터 '노력하는 남자만이 미인을 얻는다.'라는 중요한 이야기를 깨우쳤다. 물론 나의 아버지도 예쁜 아내를 얻으셨다.

여행이 끝난 후에 남는 것은 여행지에서 무엇을 한 것이 아닌 만나서 우정을 나눈 사람들과의 추억이라고 인생 여행가 아버지가 말씀하셨었다. 따리에서 만난 안 선생님의 색다른 모습과 낙천적인 삶을 사는 제임스 아저씨, 재키 아줌마는 오랫동안 기억에 남을 것 같다. 누군가의 기억에 남고 누군가가 좋아서 따라 다닐 수 있도록 직업에 상관 없이 쾌활하고 명랑한 사람이 되어야겠다.

봉준 아저씨와 함께 한 리장

리장으로 떠나오는 날 아침에 제임스 아저씨의 부인인 재키 아줌마께서 손가락을 베어 병원에 가는 사고가 있었다. 다행히 아줌마는 손가락만 꿰매고 숙소인 넘버3로 돌아오셨다. 재키 아줌마께서 병원에서 돌아오셔서 하시는 말씀이 와닝이 같이 창산에 가자고 연락이 왔다고 하셨다. 와닝은 며칠 전 재키 아줌마의 소개로 만난 백족 마부 아저씨의 둘째 딸로 이목구비가 뚜렷하고 예뻤다. 아줌마는 나와 와닝이 같이 놀았으면 했고 어른들도 하루 더 같이 지내고 싶은 마음이 큰 것 같았다. 제임스 아저씨가 속으로 제일 서운해 하셨는데 일부러 빨리 가 버리라고 말씀하셔서 그 기분을 알 듯했다. 우리는 아버지가 혼자 여행하며 만났던 봉준 아저씨께서 빨간 승용차를 몰고 데리러 오셨을 때 교장 선생님과 제임스 아저씨, 재키 아줌마와 기념사진을 찍고 리장으로 떠나왔다.

우리 가족은 따리에서 4시간 거리의 리장까지 불편한 버스를 타지 않고 승용차를 타고 오는 행운을 누리고 저녁이 돼서 목적지에 도착했다. 리장은 따리보다 훨씬 사람이 많고 고성도 리장 고성과 수호 고성 2개로 나뉘어 있었다. 저녁에는 봉준 아저씨의 소개로 오바람이라는 아저씨를 만나 돼지고기 호궈(샤브샤브)를 먹었다. 입담이 좋아 친해지기 쉬운 오바람 아저씨는 우리를 정말 재미있게 해 주셔서 리장에 있는 동안 오바람 아저씨와 같이 놀 생각을 하니 즐거웠다. 저녁을 먹은 뒤 리장 고성 안 관광 코스인 전통 나이트클럽이 모인 거리에 갔다. 봉준 아저씨의 동생분께서 '사쿠라'라는 나이트클럽을 하시는데 리장에서 가장 인기가 있는 클럽이라고 했다. 아직 내 나이가 어려서인지 드라마나 영화에서만 보던 클럽에 실제로 왔다는 느낌이 재미있게 느껴지진 않았지만, 종업원 중국 누나들에게 인기가 많아 기분이 무척 좋았다. 오래된 팝송에 맞춰 춤을 추는 중국인과 관광객들이 많았는데 아버지는 아버지의 청춘 시절의 모습을 보는 것 같다고 즐거워하셨다.

아침엔 닭 국물로 맛을 낸 중국식 쌀국수를 먹었다. 중국 김치, 고춧가루, 기름, 파 등을 자기가 원하는 대로 첨가해서 먹었는데 내가 좋아하는 라면보다 훨씬 맛이 있었다. 양도 많고 닭고기도 들어있는데 한국의 분식점 라면보다 싸서 부담도 안 됐다. 그러나 아버지는 전날 봉

옥룡설산을 바라보며 차마고도를 걷는 엄마와 나

준 아저씨와 백주(중국 술)와 사쿠라에서
공짜로 준 맥주로 과음하셔서 국물마저
도 드시지 못했다.

리장에 머무는 동안 낮에는 리장고성
안에 있는 시장에서 장을 보았다. 봉준
아저씨와 담글 김치 재료를 사러 가기도
하고 저녁에 먹을 돼지갈비 생고기를 사
러 가기도 하면서 시장구경을 했다. 리장
의 시장은 엄청나게 크고 온갖 채소와 과
일 등이 풍성했는데 독특하게 식용 개구
리가 바글바글하게 들어 있는 바구니도
있었고, 식용 자라도 팔고 있었는데 차마
먹기는 힘들 듯싶었다.

우리는 리장에 며칠 머물고 봉준 아저
씨의 차를 타고 2박 3일간 호도협을 지
나 샹그릴라까지 여행을 하고 돌아왔다.
가는 길에 하바산과 옥룡설산 사이에 있
는 호도협에 갔다. 호도협은 호랑이가 하

바설산과 옥룡설산 사이로 흐르는 진사강의 바위를 타고 이리저리 건너뛰어 다녀서 지어진 이름이라고 한다. 호도협에서는 하바산 중턱의 폭이 좁은 차마고도 길을 따라 건너편인 옥룡설산을 보며 트레킹을 했다. 길에는 당나귀, 염소의 똥이 땅을 디디기 힘들 정도로 많았지만 절벽 아래 흐르는 강과 머리 위의 하늘과 산을 보느라 신경 쓸 틈이 없었다. 하늘에 있는 구름은 정말 가까웠고 생긴 것도 미야자키 영화에 나오는 신선한 구름과 같아 매력적이었다. 중간에 좁은 산길 옆 절벽에서 길로 쏟아지는 폭포를 피해 걷다가 산양 떼를 만났다. 마침 우리는 비상식량인 귤과 과자를 들고 있었는데 배가 고팠는지 산양들이 달려들어 음식을 뺏어 먹으려 했다. 산양의 눈은 가까이서 보면 무서운데 30마리 정도의 양에게 밀려 절벽 밑으로 떨어질 것 같아 아버지와 난 괴성을 지르며 양을 발로 차고 돌을 던져 몰아냈다. 기습적인 산양 떼의 습격은 무서웠지만 지나고 나니 재미있는 추억이 되었다. 며칠 전만 해도 한국에서 아파트 사이의 집과 학원가를 오가며 하늘은 본 적이 없고 밀린 학원 숙제를 끝내기 위해 길을 뛰며 답지를 베끼던 날들이 엊그제 같은데 한가롭게 산을 보며 걷기만 할 수 있어 좋았다.

가는 길에 수학여행 온 서양 학생들을 만났는데 그중 선생님으로 보이시는 할머니께서 내게 뭐라고 질문을 하셨지만 알아듣지를 못해 아버지가 대신 대답해 주어 부끄러웠다. 그동안 6년이나 영어공부를 해

왔는데 실전에서 영어를 하지 못한 것이 분하기도 하고 앞으로 영어를 써야 할 1년이 걱정되어서 말을 한마디도 안 하고 걸었다.

샹그릴라는 중티엔이라고 부르던 곳인데 소설의 배경이 된 이후에 소설의 이름을 따서 지명을 바꿔 부르게 됐다고 한다. 샹그릴라는 고도가 높은 지역이라서 날씨가 쌀쌀했다. 들판엔 장족들이 지은 커다란 이층집들이 많았고 산 위에는 눈이 쌓여 있었다. 아버지와 봉준 아저씨는 해질녘 도시 한가운데 광장에서 노래에 맞춰 춤을 추는 사람들의 행렬에 끼어 춤을 췄는데 나와 엄마는 쑥스러워서 구경만 했다. 샹그릴라에서 봉준 아저씨가 아는 식당에 들러 버펄로 육회와 허궈를 먹었다. 생각보다 맛있어서 처음에 못 먹겠다고 우긴 것이 쑥스러울 정도로 많이 먹어서 다들 놀려 댔다.

샹그릴라에서 진사강의 다른 줄기를 타고 리장으로 돌아온 우리 가족은 1주일간 머물렀던 봉준 아저씨의 집을 떠나 공항으로 갔다. 아버지는 베트남으로 갈지 라오스로 갈지를 고민을 하다 라오스와 중국 국경에 위치한 보이차의 고장 시상반나를 들러 버스로 라오스 국경을 넘어가기로 했다.

시상반나의 아이니족

　중국 리장에서 비행기를 타고 보이차를 세계로 수출하는 원산지인 시상반나로 넘어왔다. 3년 전 아버지의 중국 오지 여행 가이드를 해 준 적이 있고 이곳에서 대규모로 차를 재배하는 정일이 삼촌이 깊고 깊은 산으로 우리를 차에 태워 데려갔다. 3월이지만 벌써 30도가 넘는 열기 속에 도로 옆 밭에는 열대 바나나 나무가 빽빽하게 있었고 높은 산은 원숭이가 나올 듯 매우 무성한 정글이었다.

　보이차나무는 오래되어도 크게 자라지 않아 800년 된 고차수도 4m 높이가 채 되지 못했다. 중국은 56개의 다양한 소수민족이 있는데 그 중 윈난성에만 26개의 민족이 살고 있으며 시상반나에 태족과 아이니족이 살고 있었다. 우리 가족은 정일 삼촌과 유명한 아이니족 전통 식당에서 저녁 식사를 하게 되었다. 그곳의 요리들은 모두 널찍한 푸른 바나나 잎 위에 올려 나와 그냥 접시에 나온 것보다 양도 많아 보이고 먹음직스러웠다. 아이니족 식당에서는 밥을 먹다가 모두 일어나 노래를 부르는데 단골인 정일 삼촌 덕분에 특별히 우리 테이블에 식당 사장님과 요리사, 아이니 족 전통 옷을 예쁘게 입은 종업원 누나들이 합세해 흥겹게 해 주었다.

다음 날 오후에는 차 밭에서 정일이 삼촌과 일하는 아이니족 형, 누나들의 깊은 산 숲속 마을로 초대받았다. 모두 열 채가 안 되는 오두막집이 듬성듬성 모여 있었고 거리에는 닭들이 뛰어다녔다. 형의 부모님은 우리를 위한 저녁식사를 만들기 위해 분주히 움직이셨고 식재료를 나눠 주러 온 동네주민 분들은 채소와 양념 통을 든 채로 외지인인 우리를 구경했다. 키가 작지만 다부진 두 형들은 사방으로 도망가는 닭 중 하나를 좇아 긴 사투 끝에 양 날개를 잡고 우리에게 쑥스러운 미소를 지으며 보여 주었다. 그리곤 똘망한 눈을 가진 형이 해맑게 웃으며 닭의 숨통을 끊고 털 정리를 했는데 잔인하다는 생각이 들기보다 삶의 일부를 자연스럽게 즐기고 있는 모습 같았다. 누나들은 숲에서 곧바로 베어 온 통통한 대나무를 잘라 그 속에 닭과 채소를 넣고 장작 위에서 끓였다. 풀숲에 앉아 동네를 구경하던 우리 가족은 어두

꿈꾸는
나무

워질 때가 돼서야 네 개의 기둥에 받혀진 높은 이층집 오두막에 들어갔다. 삐걱거리는 나무 바닥의 거실 중앙에 차려진 밥상 주위로 10명 남짓한 사람이 모여 앉았다. 대나무 통에 닭고기를 작게 잘라 끓인 백숙이 먹음직스러워 한 입 크게 베어 물었지만 생강과 향차이 냄새 때문에 삼킬 수가 없었다. 나와 아버지는 향차이나 생강, 삼 종류의 음식을 잘 먹질 못해 당황스러웠고 우리를 위해 하루 종일 준비하고서도 수저를 들지 않고 기다리는 형, 누나들의 모습에 미안해졌다. 손님들이 음식을 다 먹을 때까지 기다리는 것이 아이니족의 전통이라고 했지만 참 불편했다.

손님들을 위해 식재료를 따듯하게 보태 준 동네주민 분들과 직접 집에서 요리를 해 준 형, 누나들에게 정말 감사했다. 어두운 조명 밑에서 먹은 투박하고 순박했던 아이니족의 전통 음식들은 아이니족 식당에서 먹은 요리보다도 더 오래 기억날 것 같다.

800년 된 고차수 아래에서 우리 가족

라오스
캄보디아

라오스 루앙남타에서 오토바이 체험

- 처음 타 본 오토바이를 기념하며 -

오토바이를 타고 루앙남타 들판을 달리다

중국여행을 마치고 버스로 국경을 넘어 우리는 라오스의 루앙남타로 넘어왔다. 루앙남타는 중국 국경선과 가장 근접한 라오스의 시골 마을로 많은 서양인이 머물고 있었다. 밤에만 열리는 야시장에는 다양한 라오스의 전통음식이 있었는데 많은 여행자가 삼삼오오 모여 야식을 즐기고 있었다. 삶은 달걀을 좋아하는 우리 가족은 달걀을 보자마자 몇 개를 사서 껍질을 깠는데 달걀 안에 병아리가 삶아져 있는 것을 보고 썩은 줄 알고 기겁을 했다. 루앙남타는 시내가 반경 100m밖에 안 되는 작은 시골 마을이어서 사람들은 오토바이를 타고 마을 밖으로 구경하러 나가곤 했다.

아버지는 내가 어렸을 때부터 나를 무릎에 앉혀 자동차 운전을 하게 해 주셨다. 중학교 2학년 때 아버지와 둘이서 강원도로 여행을 간 적이 있는데 아무도 없는 산길을 운전해서 가 보게 해 주신 적도 있었다. 하지만 오토바이는 뒤에 앉아 보지도 않았다. 한국 대부분의 부모님들은 자녀가 오토바이를 타고 싶어 하면 가족의 연을 끊자고 하실 정도로 오토바이 타는 걸 반대하신다. 오토바이를 타다 사고가 나면 크게 다치거나 죽을 수 있다는 선입견 때문일 것이다. 그렇지만 학교에서 일진이라는 친구들이나 형들은 어디서 구했는지 오토바이를 타고 다니고 과학문제 대신 영어나 숫자조합의 오토바이 이름과 엔진 속력 같은 정보를 꿰고 다녔다. 동네 길거리를 걷다 보면 배기통이 뚫

라오스 사원 앞에서
오토바이를 타고 있는 나

꿈꾸는
나무

려 검은 매연을 내뿜으며 "다다다다" 소리를 내는 중국집 오토바이를 볼 수 있었다. 피자나 짜장면을 시키면 그런 오토바이를 탄 노랑머리의 삼선 슬리퍼를 신은 형들이 배달해 줄 때도 있었다. 나는 중학교의 몇몇 노는 친구들에게 꿈이 무엇이냐고 물었었는데 중국집이나 피자집 배달부가 되어서 그 세계를 휘어잡고 싶다고 한 친구들도 있었다. 내 생각으로는 오토바이를 타고 싶어 하는 마음이 그런 꿈을 가지게 한 것 아닌가 싶었다.

어쨌든 아버지는 그런 것에 전혀 개의치 않고 마을 중앙에 있는 오토바이 대여점에서 두 대의 오토바이를 빌렸다. 내 큰 머리에 잘 맞는 헬멧을 찾질 못해 어중간한 크기의 땀 냄새가 진한 헬멧을 써야만 했다. 모든 운전에 능숙한 아버지는 엄마를 태우고 나는 혼자서 오토바이를 타야 했다. 나는 2010년 가을 아버지와 자전거로 230km 제주도 일주를 한 적이 있어서 자전거를 타는 것은 자신이 있었다. 하지만 오토바이를 탈 때는 깜빡이도 켜야 하고 사이드미러도 봐야 하고 조금만 속력을 올려도 몸이 뒤로 젖혀져서 손에 땀이 나도록 핸들을 쥐어야만 해서 자전거와 운전이 다르다고 생각했다. 그래도 몇 시간을 탔더니 적응이 돼서 시속 90km로 아버지를 따라가며 다른 자동차를 추월해 보기도 해서 오토바이 좋아하는 사람들을 조금은 이해할 수 있었다. 달릴 때 시원한 바람도 느낄 수 있고 자동차 안에 있을 때보다 속도가 느껴지는 것 같았다. 그렇지만 달릴 때 수많은 벌레가 얼굴과 팔에 부딪혀 따갑기도 하고 입에 들어갈까 봐 이를 악물어야 했다.

둘째 날에는 정말 위험한 사고가 날 뻔했다. 속력이 높은 상태에서 커브 길을 도는데 액셀 놓는 것이 익숙하지 않아 오토바이와 함께 도로 밖 모래밭에 들어갔다가 가까스로 넘어지지 않은 상태에서 도로로 나왔다. 오토바이가 균형을 잃고 좌우로 흔들리는 5초 정도의 순간 동안 넘어지지 않기 위해 본능적으로 자전거 페달을 밟고 일어서듯 서서 균형을 잡아 위험을 넘겼다. 오토바이를 타면 비극적으로 끝난다더니 못 해 본 것이 많은데 짧게 생이 끝날 뻔하여 식은땀이 났고 부모님도 기겁하셨다. 남들은 타지 말란 오토바이를 타 보게 해 주시는 부모님에게 당황스러운 면이 있었지만 루앙남타에서 새로운 경험을 한 것만으로도 기뻤다. 한국의 학부모답지 않으신 부모님 덕에 루앙남타의 구석구석을 스릴 넘치게 구경할 수 있었다.

루앙푸라방 새벽 탁발

평소보다 이른 시각인 6시에 일어나 부모님과 시내로 나갔다. 오랜
만에 남자로서 너무 행복한 꿈을 꾸다가 깨서 미칠 것 같았지만, 오늘
꼭 라마승들의 탁발을 보러 가야만 했다. 서늘한 새벽과 아침 사이의
시간이었다. 아직 가게 문들을 열지 않았지만, 거리에는 벌써 사람들
이 적지 않게 있었다. 음식이나 돈, 과일 등을 준비한 사람들과 반대로
먹을 음식을 얻기 위한 사람들은 라마승들이 지나가는 거리에 무릎을
꿇고 앉아 기다리고 있었다.

주황색으로 된 승복을 입은 내 또래로 보이는 어린 빡빡머리의 라
마승들이 어깨에 멘 가방을 열고 지나가면 음식을 준비한 사람들이
손을 합장하며 복을 빈 뒤 한 명 한 명의 승려들에게 음식을 담아 주
었다. 자신이 먹기에 많은 양의 음식을 받은 라마승은 배고파 구걸하
는 사람들의 바구니에 음식을 덜어 주었다. 신에게 소원을 직접 빌기
보다 라마승들이 자신들을 위해 기도해 주길 바라는 라오스 사람들
의 모습이 신기했다. 만약 어느 날 라마승들에게 소원을 빌러 사람들
이 나오지 않는다면 그 날은 모든 라마승이 굶어야 하는지 궁금하기
도 했다.

작은 배를 타고 메콩강을 건너가는 사람들

　　이른 새벽이라 공기가 흐릿해 모든 것이 회색처럼 보이는데 끝없이 걸어오는 주황색 라마승들의 모습이 무척 강렬해서 영화 '쉰들러 리스트' 중에서 군인들 사이에 서 있던 빨간 옷을 입은 소녀의 모습이 떠올랐다. 루앙프라방의 새벽은 매일 이런 모습으로 시작되었다.

꿈꾸는
나무

라오스 쇼캉 사원의 재미있게 생긴 커다란 불상

새벽 탁발을 나온 어린 동자승들

꿈꾸는
나무

캄보디아의 앙코르와트

뚝뚝이가 있는 사원 앞 풍경

새로운 도시에 가면 새벽 해돋이를 보고 싶어 하는 아버지를 따라 서늘한 새벽에 뚝뚝이를 타고 앙코르와트 사원으로 향했다. 500원짜리 랜턴을 들고 사원의 입구에 도착하니 어둡지만 벌써 많은 사람이 사원 앞 작은 물웅덩이가 있는 장소에 모여 있었다. 오래 기다리지 않아 사원의 윤곽이 보일 만큼 주변이 밝아졌고 붉은 해가 조금씩 떠올랐다. 햇빛을 받아 더욱 색이 화려해진 주황색 벽돌 사원과 사원건물 그림자에 한층 짙어진 푸른 잔디가 조화로웠다. 구름이 있어 정말 황홀한 해돋이를 보지 못했지만, 앙코르와트에는 현지인들보다 여행 온 서양인들과 패키지로 무리 지어 다니는 동양인들로 북적였다.

해돋이를 보고 아침 식사를 한 후 우리는 다시 사원으로 갔다. 겹겹이 담이 있고 그 담의 문을 지나서 계단을 오르면 마당이 나오고 더 높은 계단을 오르면 또 마당이 나오고 마지막으로 사원의 제일 높은 탑이 나왔다. 건물의 기다란 복도 벽에는 빼곡히 조각된 그림들이 있었다. 전쟁을 나가고 전쟁에서 이겨 노획물을 가져오는 모습을 기록한 그림들이 섬세하게 그려져 있었다. 처음에 현지 안내자인 보타나 삼

53 꿈꾸는나무

촌과 같이 가지 않은 날에는 자세히 설명을 들을 수 없어서 한국에서 단체로 관광 온 사람들 무리 끝에 끼어 소소한 정보를 얻어들어야만 했다. 그 후에는 캄보디아의 역사도 배울 겸 한국어를 유창하게 하는 보타나 삼촌을 만나 자세한 설명을 들을 수 있었다.

우리는 건물의 중심부인 탑에 올라가 주변을 돌아보고 있었는데 그때 엄청나게 세찬 소나기가 내렸다. 비를 피해 사라진 사람들로 인해 사원의 마당은 정적이 흘렀는데 비가 와서 신이 난 현지 꼬마 애들이 마당에 나와 발가벗고 흙탕물에서 뛰어노는 모습이 멋진 영화를 보는

거대한 바위로 만든 얼굴- 앙코르 텀브

것 같아 모든 사람이 소나기가 그칠 때까지 바라보았다.

그날은 엄마, 아버지의 결혼 22주년 기념일이었다. 아버지는 하느님께 전날 미리 전화를 걸어 우리가 앙코르와트 사원 꼭대기에 올라갔을 때 비를 뿌려 달라고 부탁을 해 놨다고 했다. 거짓말인지 알지만, 엄마는 그 말을 듣고 고맙다고 인사를 했다. 웃겼지만, 나도 커서 여자 친구에게 저런 걸 써먹어야지 생각했다.

우리는 사원 투어 표를 끊어 앙코르와트와 얼굴 모양으로 크게 조각된 앙코르 텀브 등을 구경하고 수상도시가 있는 똘래삽 호수로 나들이도 다녀왔다. 낮에는 뜨거운 햇볕 때문에 짜증도 났지만, 오후에 호텔로 돌아가 마당의 수영장에서 엄마, 아버지와 수영을 하고 저녁이면 시내 야시장에 나가 싸고 맛있는 캄보디아 음식들을 배가 터지도록 먹을 수 있어 좋았다. 캄보디아는 앙코르 시대에 엄청난 문명을 가진 나라였지만 어느 날 쇠락했고 킬링필드라고 불릴 만큼 대학살이 있었던 아픈 역사를 가진 나라라는 것을 알고 마음이 슬펐다.

프랑스

파리의 일상

약 2달간의 아시아 여행을 마친 후 비행기를 타고 파리로 왔다. 한국의 유명한 갤러리에서 아버지를 시떼 레지던시 작가로 선정해 주어 우리는 프랑스 파리 중심지에서 머물게 되었다.

여행을 떠나기 전에 여행 중에 하고 싶은 것과 이루고 싶은 목표들을 노트에 적어 두었다가 시간이 날 때마다 꺼내 읽었다. 잘 먹고 잘 자서 키 크기, 미술관 가기, 그림 그리기, 꿈에 대해서 생각하기 등 많은 것이 있었지만 그중에 중요하다고 생각한 목표는 '아날로그적 삶을 살자'였다. 평생 비밀로 묻어 둘 수도 있었지만 나 자신이 힘들어 부모님께 다 털어놓은 한국에서의 일상이 있었다. 한국에서는 누구에게나 착한 모범소년의 교과서처럼 보이는 것이 좋았다. 실제보다 더 공부 잘한다고 부풀려진 소문이 나서 주변 사람들이 내 얘기를 할 때면 부담스러운 면도 있었지만 한참 잔소리 듣는 또래와 달리 어른들이 칭찬해 주고 친구들이 치켜세워 주었던 것이 돌이켜보면 내 짧은 삶에서 많은 비중을 차지하는 즐거움이었던 것 같다. 비록 친구들 사

해질녘 노틀담이 보이는 세느강

꿈꾸는나무

이에서 우등생이었지만 어쨌든 우등생일수록 치밀하다고, 나를 끝없이 믿어 주시고 기대하시는 부모님을 감쪽같이 속여 몰래 게임도 많이 하고 놀기도 했다. 공부를 열심히 안 하는 것도 아니어서 상위권을 유지하기는 하는데 그렇다고 술, 담배를 하며 확 선을 넘어서 노는 것도 아닌 그야말로 이도 저도 아니게 하루가 지나갈 때마다 이러면 안 되는데 하면서 계속 반복되니 나 자신이 너무나 부끄럽고 후회스러웠다. 누구에게도 털어놓을 수 없어 숨기고 지내다가 여행을 떠나면 휴대전화기나 게임기들을 멀리해서 부모님과 여행에서 만난 사람들과

시떼 섬이 보이는 다리 풍경

아날로그적 소통을 해 보자고 마음을 먹었다.

파리에서는 3개월간 한 숙소에 머물게 되어 엄마가 해 주는 집 밥을 먹으며 안정감을 찾고 뒤늦게 우리와 합류해서 여행을 함께하기로 한 원종이 형이 공부할 수 있는 책과 노트북을 가져와 나 스스로 학구열과 의지가 불타올랐다. 아침에 미술관을 가고 오후부터 쭉 공부, 그림, 인터넷 강의를 듣고 늦은 밤에 잠시 쉬는 요일별 계획표를 50일간 지켰다. 노트북도 인터넷 강의와 사진 관리만 하며 뉴스도 안 보았고 노는 것은 건전하게 형과 보드게임 하거나 열심히 각자의 일을 끝낸 날은 다 같이 고스톱도 치곤 하면서 여행 전에 계획했던 대로 아나로그적인 삶을 이어 나가는 것으로 보여 행복했다. 스타크래프트 게임을 좋아하는 아버지와 형과 나는 두 대의 노트북을 연결해 내기를 걸고 자주 시합을 하기도 했다. 그러나 그것도 잠시 즐기다가 시들해졌고 대학가의 서점에 책을 보러 가거나 루브르 박물관, 오르세 미술관, 퐁피두 센터에 그림을 보러 가며 시간을 보냈다. 이틀에 한 번씩 미술관에 갔는데 우리가 묵고 있는 숙소에서 센 강을 따라 걸어가면 공원이나 씨떼 섬의 노트르담 성당, 영화 퐁네프 연인에 나오는 다리, 박물관, 미술관, 에펠탑까지 볼 수 있어 자주 그 길을 걸어 다녔다. 한국에서 중학교 2학년을 다니면서 방황했던 기억들이 파리의 일상에 묻혀 서서히 잊혀 갔다.

다큐멘터리 '나는 화가다'

꿈을 먹는 괴물

세계의 모든 예술가들이 한번은 꼭 와 보고 싶어 하는 예술의 도시 파리에서 머무는 동안 원종이 형과 나는 단편 다큐멘터리를 만들었다. 단지 일상을 사진으로 찍는 것보다 영상으로 남기는 게 나중에 추억하기 더 좋을 것 같은 생각이 들어 우리는 '나는 화가다'라는 제목으로 촬영했다. 며칠간 루브르 박물관과 씨떼 섬 근처 다리를 자주 다니며 즐겁게 영상을 찍을 수 있어서 좋은 시간이었다. 우리는 전문가용이 아닌 여행용 캠코더로 영상을 찍어야 했지만 그래도 충분했다. 다큐멘터리를 찍은 목적은 말 수가 적은 내가 이야기를 이끌어 가고, 상대가 질문했을 때 순발력 있게 답할 수 있도록 임기응변을 기르기 위해서였다.

　나는 다른 사람이 질문한 것을 길게 말해 본 적이 없었고 탁구 하듯 이야기를 주고받으며 대화를 나누어 본 적은 더더욱 없었다. 웃긴 얘기를 해도 상대가 '아하하' 하며 가짜웃음을 내줄 정도로 나는 이야기꾼과 동떨어졌었다. 어렸을 때부터 아버지와 어머니를 따라 어른들 사이에 끼어 오랜 시간을 지냈었다. 아무래도 부모님은 직업이 화가이시니 축하파티나 술자리를 많이 다니셨고 나도 따라가서 어른들의 이야기를 재미있게 듣고 옆자리에서 자거나 숙제를 했다. 어른들끼리 얘기니까 어렸던 나는 대화에 끼어들어 나를 주목하게 하고 싶지도 않았고 그게 예의란 생각이 항상 들었다. 그래서인지 평소 대화에서 다른 사람이 얘기하는 것을 듣고 나는 말을 안 해도 재미있고 편했었다. 영화에서 보면 주변에 이야기꾼처럼 말 잘하는 어른들 사이에서 들으며 자란 아이들이 웅변을 잘하게 되는데 나의 경우 매우 안타깝게도 듣는 것만 잘하게 된 듯하다.

하지만 이제 학교에서도 발표를 잘해야 하고 독립해서 내 삶을 살 때도 절실하게 필요하다고 느껴져 촬영하면서 형의 질문에 최대한 길게 얘기해 보려고 노력했고 말할 때 나름대로 최선을 다했다. 내 말을 듣고 있는 사람은 형과 엄마밖에 없으니 긴장감으로 헛구역질이 나거나 배가 아프지는 않았지만, 말을 많이 해야 한다는 마음에 얘기하는 중 "음……", "어~" 하며 말에 살을 붙일 만한 것을 생각하는 감탄사를 자주 꺼냈고 내가 강조하는 표현에는 "정말"이라는 단어를 계속 써서 내가 말하면서 어색하다고 느낄 정도였다. 그래서 의식해서 고치려고 열심히 노력했고 단지 입에서 말이 나오는 것이 아니라 고민을 해서 얘기한다는 마음으로 말을 했다. 발표를 잘할 수 있게 만든다는 책이

나 선생님들의 말씀에는 자기가 연설이나 말을 하는 것을 캠코더로 찍어 확인하며 연습하라고 했다. 직접 출연을 하고 편집을 하면서 내 모습을 확인해 보니 말할 때 표정이나 말투, 목소리가 이상한 것을 느끼고 바꾸려고 하게 되었다.

루브르박물관에서의 다큐멘터리 촬영은 화가가 되고 싶은 나에게 의미 있는 경험이자 내가 갖고 있던 단점을 노력으로 보완할 수 있었던 시간이 되었다.

민영이 삼촌

한국인을 그리워하던 아버지가 파리 한인 마트에서 일하고 있는 삼촌들을 불러 같이 식사한 적이 있었다. 그 이후로 계속 연락이 된 민영이 삼촌은 여러 번 더 만나게 되었고 부모님과 가 보지 못했던 파리 여러 곳을 삼촌과 함께 가 보게 되었다. 덩치가 큰 민영이 삼촌은 프랑스 용병으로 왔다가 다쳐서 제대한 뒤 파리에서 유학을 준비하고 있었는데 키가 186cm 럭비선수의 몸집을 가진 대한건아였고 한국전쟁이 일어나면 언제든 참전하겠다는 애국심이 불타오르는 삼촌이었다. 나는 허풍이나 거짓말을 하는 친구보다 진실한 친구를 좋아하는 편이었는데 삼촌과 이야기를 나눌 때면 거짓 없고 담담한 삼촌의 모습이 좋았다. 파리에서 공부하고 있는 민영이 삼촌과 삼촌의 한국인 친구들을 따라 주말마다 수영장과 농구장을 다니며 항상 어려워하던 평형도 배우고 농구의 재미도 알게 되었다. 한국에선 친구들과 모이면 환경적으로 피시방이나 노래방 정도의 선택밖에 없어 괴로운 적도 많았는데 파리는 시내 곳곳에 88체육관만 한 수영장이 있어 여가를 즐길 수 있는 것이 마음에 들었다. 삼촌들과 영화 '다빈치 코드'에서 어둡고 은밀하게 나왔던 볼르뉴 숲과 에펠탑 근처를 산책하기도 했다. 볼르뉴 숲은 예상과 달리 오전에는 조깅하는 사람들이 많았고 아이들이 뛰어노는 한적한 숲이라 도시 속 숲에서 뿜어 나오는 공기를

에펠탑이 보이는 볼르뉴 숲에서 태극기를 들고 삼촌들과 기념사진을 찍다

마실 수 있어서 좋았다. 내 생일이 다가왔을 때는 삼촌들과 엄마가 싸
준 커다란 샌드위치를 나눠 먹고 수영장 옥상에 올라 삼촌이 소중히
갖고 있던 태극기를 펼쳐 다 같이 기념사진을 찍었다. 외국이라서 그
런지 왠지 한국인이라는 자부심과 함께 피가 끓어오르는 것 같은 애
국심이 느껴졌다. 그리고 생일에 문짝만 한 태극기를 민영이 삼촌한
테 선물 받았다. 삼촌들과 만나면서 유학을 떠나오면 한국이 무척 그
리울 것 같다는 생각이 들었다. 한국에서 대학을 마치고 유학을 하고
싶은 대학원이 있는데 그때 나도 삼촌들처럼 자유롭고도 최선을 다해
열심히 지내고 싶다. 프랑스에서 만난 민영이 삼촌과 몇몇 삼촌들 덕
에 파리가 한층 더 즐겁고 친숙해졌다.

파리에서의 생일

나는 부모님이 결혼하신 지 6년 만에 태어나서 부모님은 물론 친가와 외가 가족들의 사랑을 한 몸에 받고 자랐다. 할아버지, 할머니는 대가 끊기는 줄 알았는데 잘 생기고 똑똑한 손자가 태어났다고 기뻐하셨다. 시골 할아버지는 내가 받은 상장을 액자를 해서 걸어 두시고 자랑을 하셔서 나는 상장을 받으면 할아버지에게 선물로 드리곤 했다. 나와 함께 어디를 다니시다가도 사람들한테 자랑을 많이 하셔서 너무 쑥스러웠지만 내심 기분이 좋았다. 할머니는 섬세하시고 그림도 잘 그리시는데 아마 그것이 나에게도 유전된 것 같다. 내 생일이 되면 양가의 할머니, 할아버지께서 전화로 축하해 주시기도 하고 식사를 같

생일 선물로 받은 아이언맨 피규어

이 하기도 했는데 프랑스에서의 생일이라 친구들과 가족들과 함께 못
지내서 아쉬웠다. 그래도 부모님께서 염려하셨는지 생일 파티도 하고
맛있는 음식도 먹고 선물도 주셨다.

  생일 전날 아버지께서 일주일간 영국으로 KBS 공공미술 프로젝트
를 촬영하러 가시게 되어 내 생일 이틀 전인 26일에 아버지와 파티를

'인간관계론의 기술'을 저술한 데일리 카네기의 초상을 그리다

했다. 생일 낮에는 엄마와 원종이 형과 루브르박물관에 가서 비너스, 니케 등 대리석 조각들을 박물관이 문을 닫는 9시까지 그렸다. 건전하고 조용한 생일이었다.

여행 올 때 챙겼던 데일리 카네기의 '인간관계의 기술'이란 책을 읽어 보면 '사람은 자기 이름이 세상에서 가장 듣기 좋은 소리이고 중요한 소리가 된다.'고 하며, 또한 다른 사람의 생일을 기억해 주는 것이 얼마나 중요한지에 대해서 쓰여 있다. 그래서 미국의 루스벨트 대통령은 항상 처음 사람을 만날 때 이름을 외우고 간접적으로 생일을 알아낸 뒤 나중에 메모해 놓았다가 챙겨 주었다고 한다. 그 어떤 사람이라도 자신을 인정해 준다는 마음에 감사함을 느낄 수밖에 없고 그를 신뢰할 수 있다고 생각할 것이기 때문에 생일을 서로 챙겨 준다는 것은 사람 사이의 관계에 중요한 것 같다. 여행 중에 생일을 맞이하니 가족들과 함께했던 이전의 모든 것이 감사하게 느껴졌다.

바스티유 시장

 파리에서의 한 달이란 시간이 훌쩍 지나갔다. 프랑스는 한국이나 그 전에 다녀온 동남아보다 훨씬 물가가 비싸 레스토랑에서 식사한다는 것은 정말 큰마음을 먹어야 했다. 그래서 우리는 이틀이나 삼일에 한 번 동네 마트에서 장을 보아 식사준비를 해야 했다. 한국에선 아침밥을 굶고 점심은 학교에서 먹어 가족끼리 밥을 먹는 건 저녁 식사뿐이다 보니 장을 봐 놓은 음식이 상할 때가 많았다. 그런데 여기선 규칙적으로 세끼를 항상 먹게 되니 음식이 상하지 않는 장점이 있지만, 소비가 어마어마해졌다. 그러다 보니 근처에서 저렴하고 신선한 채소와 생선, 고기를 사기 위해 많은 마트를 가 보면서 비교를 해 봤지만 그렇게 큰 가격 차이가 나지 않았다. 그러던 어느 날 엄마가 집에서 좀 떨어진 바스티유 근처로 산책을 나가셨다가 바스티유 광장에서 일주일에 두 번 장이 선다는 것을 알게 되었다. 싸고 싱싱한 채소와 닭똥집, 새우, 고등어 등을 두 손 가득 낑낑대며 들고 오셨다. 그날은 고추장 닭똥집 볶음, 얼큰한 고등어찌개로 외국에 나와 있다는 현실을 잊게 해 주는 식사를 했다. 그때부터 일주일에 한 번 장이 열리는 아침에 우리 가족은 장바구니를 준비해 집 앞 생폴 역을 지나 마레 지구를 걸어 바스티유 광장에 장을 보러 갔다.

바스티유는 프랑스의 요새였다가 17세기부터는 감옥으로 쓰였는데 프랑스 혁명 때 철거하여 지금은 프랑스혁명 기념탑과 광장만 남았다고 한다. 나는 그곳에서 열리는 시장은 어떨지 궁금했다. 또 사람마다 시장에 대한 생각이 다를 것 같다는 생각이 들었는데 아버지는 시장을 떠올리면 어렸을 때 할아버지께서 농사를 지어 놓은 배추와 과일을 시장에 가서 파셨던 추억이 생각나신다고 했다. 나도 시장하면 생각나는 것이 있다. 5살 즈음에 외할아버지댁에 가면 할아버지랑 할머니와 함께 시장에 가서 케이크를 사고 장난감을 하나씩 샀던 기억이 난다. 나는 시장이 사람들의 추억이 남는 곳 같아 볼 때마다 특별하게 느껴진다.

꿈꾸는 나무

바스티유 광장의 기억

바스티유 시장풍경은 예상과 달리 정말 활기가 넘쳤다. 스페인, 이탈리아, 아랍, 프랑스 상인들은 우리나라 수산시장의 모습처럼 물건을 팔기 위해 큰소리를 외치며 장사를 하고 있었다. 지중해의 신선한 해산물, 다양한 채소와 과일, 한국에서 우리 가족이 즐겨 먹던 닭똥집, 내장, 닭발까지 모두 다양하게 팔고 있었다. 그래서 첫날은 광장의 기념탑을 보지도 못하고 2시간이 훌쩍 넘도록 신나게 장만 보았다. 또 세계 어느 나라를 가도 시장의 풍경은 활기차다는 것을 알게 되었다. 특히 크고 작은 색깔의 감자를 팔던 뚱뚱하고 유쾌한 이탈리아 아저씨의 유머러스한 표정과 재치 있는 말솜씨는 모두를 기분 좋게 해 주었다. 나도 그 사람들처럼 더 활기차져서 주변을 밝게 해 주는 사람이 되었으면 좋겠다.

판테옹

 그림 그리는 데 필요한 재료를 찾기 위해 미술 도구 전문점에 갔다가 씨떼섬 건너편 언덕에 자리 잡고 있는 판테옹을 보게 되었다. 우연히 보게 된 판테옹은 줄로 모양을 낸 큰 기둥과 삼각형 모양의 지붕이 그리스 신전을 떠오르게 하였다. 아버지는 판테옹이 처음에 사원으로 지었다가 성당으로 사용하였는데 프랑스혁명 이후 추모 공원으로 사용되었다고 말씀해 주셨다. 거대한 신전 안은 하얀 벽에 3층 높이의 그림들이 있고 시나리오마다 다른 화가가 그렸는지 표현이 달랐다. 그중 가장 인상 깊었던 그림은 잔 다르크였다. 잔 다르크가 태어나서부터 전쟁에서 이기고 나중에 화형당하는 것까지 그녀의 일생을 담은 그림들은 얼굴의 표정변화와 다채로운 배경으로 현장에 있는 것 같았다. 그 그림들은 하이퍼 사실주의처럼 완벽하게 사실적이지는 않았지만, 실감이 나면서도 그림인 걸 알 수 있게 감동적으로 그려졌다.

 현대 미술사에는 이해하기 힘든 개념미술이 너무나 많아 마음에 와닿는 예술품을 보기 어려워 나는 언젠가 보는 이가 감동할 수 있는 예술을 하겠다는 마음을 갖게 되었다. 중앙에는 큰 금속 진자가 있었는데 물리학자인 푸코가 지구의 자전을 실험한 것이었다. 처음에는 기계가 진자를 움직이게 해 놓고 못 보게 하는 것이라고 의심했는데 책자를 찾아보니 기계가 필요 없는 원리가 숨어 있었다. 줄의 한쪽 끝을 천장에 매달고 다른 쪽에 추를 달아 진동시켜서 전향력을 알아본다고 했다. 그런 실험을 창조해 내는 과학자들이 놀라웠다.

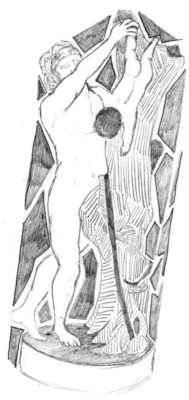

삶과 죽음에 대한 소묘

지하에는 유명한 프랑스 위인들의 묘비와 동상, 석관들이 있었는데 유명한 빅토르 휴고, 장 자크 루소, 볼테르, 에밀졸라, 우리가 잘 아는 퀴리 부인의 부부 묘도 있었다. 죽고 나서 사람들이 많이 찾아가는 웅장한 신전에 묻히는 그분들이 정말 존경스럽고 부러웠다. 나도 세계에 이름을 알린 위인이 되어 죽어서도 후세에 불리고 싶어졌다. 오늘 본 판테옹은 나에게 내 인생을 어떻게 살아갈까 생각해 보게 해 준 장소였다.

루브르 박물관 1

루브르 박물관에서 그린
비너스 소묘

 한국에서 루브르 박물관이라고 들어 보긴 했었고 집에도 그 박물관
에 대한 책이 있었지만 시험에 필요 없어서 제대로 눈여겨본 적이 없
었다. 그런 생소했던 루브르 박물관에서 모든 층의 화장실 위치를 외
울 만큼 들락날락했다. 얼마나 작품이 많은지 끝도 안 보이는 전시장
에 수만 장의 예술품들이 진열되고 있는 것 같았다. 그림은 넘쳐나는

데 전시할 벽이 부족한지 높은 퀄리티를 뽐내는 명화들도 일단 벽에 다닥다닥 붙여 걸어 놓았다. 그러고도 수십만 장은 창고에 보관하였다가 교체해서 전시를 한다고 하니 그 규모가 대단하다. 예술품들의 대부분이 프랑스가 옛날부터 다른 유럽 국가들과 아프리카 나라들에서 빼앗고, 훔치고, 기증받고 사들여 왔다는데 심지어 그리스와 이집트 예술품들은 부서진 것과 건축된 유적을 통째로 가져온 것도 많았다. 프랑스가 우리나라의 '직지심체요절' 하나만 훔쳐갔어도 열을 받는데 그리스인들과 이집트인들이 루브르에 오면 화가 나는 것을 넘어서 기분이 착잡할 듯했다.

단체 관광으로 오는 팀들은 가장 유명한 작품들만 찍고 정말 순식간에 움직여 사라지는데 모나리자, 비너스, 니케 같은 작품 앞은 관객이 가득 몰려 있었다. 그 앞에서는 사람들이 조각을 직접 보지 않고 죄다 카메라 렌즈를 통해 보고 있어서 멀리서 바라보면 뭔가에 홀린 것처럼 보였다. 유학생 형에게서 들은 이야기에 의하면 과거에 루브르가 공사하기 전까지만 해도 도둑들이 전시장의 상황과 구조를 찍어 두고 미술품을 훔쳐가는데 이용해서 카메라 촬영을 금지시켰다고 한다. 그런데 일본이 박물관의 리모델링 비용과 오디오가이드, cctv 수백 대를 공짜로 루브르에 지원하면서 대신 모든 관광객들이 사진을 찍게 해 달라고 부탁하여 사람들이 자유롭게 사진을 찍을 수 있게

루브르 박물관 광장

꿈꾸는 나무

루브르에서 L'Hiver를 그리다

되었다고 한다. 어찌 보면 유럽이 17세기부터 교류해 온 일본에게 다른 아시아 국가들에 비해 환상과 친근감이 있을 수밖에 없었겠다고 생각했다.

반대로 중국에 대한 유럽 사람들의 생각은 많이 달랐다. 단체로 여행 온 중국인 중에서 몇몇은 박물관 직원들에게 식은땀을 선사하는 존

재였다. 우리가 그림을 그리고 있는 동안 중국인들은 사진을 찍을 때 2000년이 넘은 조각상에 팔을 얹거나 조각상의 어느 부위를 잡고 포즈를 취하는 일을 자연스럽게 하였다. 바짝 긴장하고 있던 직원들이 기절초풍하고 영어로 소리쳐도 대부분의 중국 관광객들은 영어를 한마디도 못 알아듣기 때문에 태연히 무시하고 또 다른 조각상 앞으로 갈 뿐이었다. 작품을 만지면 사이렌이 울리고 경고 메시지가 각국의 언어로 나오는데 내가 그림 그리던 날에 들은 경고의 첫 언어는 프랑스어가 아닌 중국어였다.

루브르 박물관 2

박물관 곳곳에는 조각상이나 명화를 그리는 할아버지, 할머니, 내 또래 아이들이 많았다. 나는 슬쩍 다가가서 사람들이 그리고 있는 모습을 등 뒤에서 몰래 관찰했는데 다들 열정만 있을 뿐 손이 못 따라 줘서 안타까워 보였다. 나도 언제 루브르 박물관에서 그림을 그려 보겠나 싶어서 원종 형과 함께 가는 날마다 조각상 데생을 아침부터 맨 마지막으로 나갈 때까지 했다.

루브르 박물관은 모나리자 같은 유명한 작품들 말고도 미술책에 단골로 나오는 미술의 교본으로 뽑히는 사진인지 그림인지 분간하기 어려울 정도로 잘 그린 그림들이 수두룩했다. 이렇게만 그릴 수 있다면

루브르에서의 니케 연필소묘

꿈꾸는
나무

루브르에서 그린 Nisus et Euryale

세계 어디서든 미술대학을 최고 중의 최고로 들어갈 수 있을 것이 분명했다.

 과거에는 큰 성의 벽에 루브르에 있는 거대하며 빈틈없는 전쟁 그림을 황금 액자에 끼워 걸어 놓으면 그 웅장한 스케일 때문에 다른 귀족이 찾아왔을 때 과시할 수 있었을 것 같다. 당시에는 예술가가 자신의 철학과 생각을 개성 있게 표현하기보다 종교적이고 실제처럼 그리는 것이 시대의 유행이자 당연하다고 생각되었을 것이다. 대부분의 옛 화가들은 죽을 때까지 비슷한 그림들을 매일 꼼꼼하게 그리느라 지겨 웠을 것 같은데 그만큼 뛰어난 작품을 위해 최선을 다했다는 점은 경 이롭다. 그러므로 전 세계 사람들이 성수기, 비수기 따지지 않고 루브 르를 찾아와 작품들을 보고 감동하고 가는 것일 것이다. 영화에서나 현실에서나 큰 꿈을 지닌 사람들이 역사에 이름을 남기고 미래의 사 람들이 사랑해 주기를 바라는데, 분야의 최고가 된다면 시대를 구분 하지 않고 모든 사람에게 사랑받고 존경받을 수 있는 직업은 예술가 이지 않을까 루브르 박물관에 서서 생각했다.

레오나르도 다빈치

프랑스의 미술관이나 박물관에서는 어른들은 입장권을 사야 들어갈 수 있고 18세 이하는 공짜로 모든 전시장에 들어갈 수 있다. 18세 이하인데 어른처럼 보이는 원종이 형은 한국에서 준비해 온 국제학생증을 항상 꺼내 보여 줬다. 나는 일부러라도 밝고 어리게 입고 가서 안내원에게 인사만 하고 검사를 안 받아 수고를 줄였다. 오늘은 형이 화장실 가는 길에 입장료가 비싼 특별전을 들어갈 수 있는 표를 줍는 행운으로 루브르 지하에서 열리고 있는 천재 레오나르도 다빈치의 특별전을 볼 수 있었다.

다빈치는 내가 초등학교에 다닐 때 읽던 위인전 중에서 가장 창조적

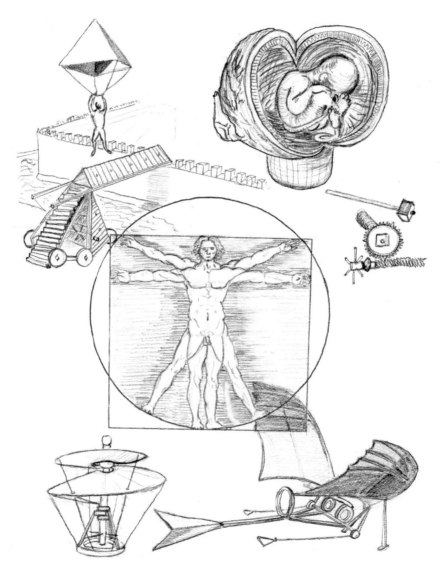

레오나르도 다빈치가 고안해 낸 발명품을 그리다

인 삶을 보냈고 내가 항상 꿈꾸는 과학자, 발명가, 화가, 건축가를 통틀어서 위대했던 인물이라서 부럽고 존경스러웠다. 그래서 학교에서 존경하는 인물 설문조사에서도 아버지와 레오나르도 다빈치를 쓰던 나인데 특별전을 볼 수 있다는 것은 정말 행운이지 않을 수 없었다. 다빈치의 위인전을 읽고 또 읽으면서 멋있어 했던 구상도들을 직접 보니 너무나도 감격스러웠다. 그리고 조그마한 스케치나 낙서에 불과한 것들도 하나하나 따로 액자를 해서 걸어 두었는데 아마도 예술가가 유명해지면 그의 작은 흔적조차도 소중하게 간직해 주는 것 같았다.

특별전에서 가장 핵심 작품 중에 아기 예수가 염소를 안고 있고 그 뒤에 마리아가 예수를 잡으려 하고 그 뒤에 부인 한 명이 앉아 그 모습을 보고 있는 그림이 있었다. 아마도 여러 명의 그림 중 하나를 뽑아야 하는 경연이 있었는지 한 장면을 다르게 표현한 세 명의 다른 화가들의 작품도 있었다. 다른 화가들보다 확실히 레오나르도 다빈치의 작품이 눈에 띄었다. 그럴 수밖에 없는 이유가 있는데 다빈치는 그 한 장을 위한 수많은 연습용 스케치를 했다. 또 완성작과 크기가 비슷해 완성작이라고 믿을 정도의 그림을 몇 장이나 그렸다. 사실 다빈치가 살아 있을 때 그린 완성작이 약 20작품 정도로 적다고 들어서 그냥 심심할 때 취미로 그렸나 보다 생각했었는데 나의 착각이었다.

다빈치는 완벽한 한 작품을 위해 똑같은 그림을 수십 장을 그려 냈다. 천재의 머리를 갖고 태어난 것도 있지만, 무엇보다도 노력과 최선을 다한 다빈치가 존경스럽다. 지금 내게 필요한 것이 인내와 집중력, 그리고 최선을 다하는 자세인데 다빈치의 전시를 보니 더욱더 실천적인 사람이 되어야겠다는 생각이 들었다. 트랜스포머의 주인공인 샘의 대사 중 "사람은 두 가지의 유형으로 나눌 수가 있습니다. 첫 번째는 생각하는 자, 둘째는 실천하는 자입니다."라는 말이 있다. 바로 지금 내게 필요한 말인 것 같다.

예술가들의 항구마을 옹플레르

　프랑스 서북부 노르망디 지역 중 인상파 화가들의 그림에 자주 등장하는 옹플레르에 오게 되었다. 우리는 한국에서 십 년 전에 이곳으로 와 화가로 활동하는 손차룡 아저씨 집에 머물렀다. 일층엔 아저씨의 그림을 전시하는 갤러리가 있고 마당 안쪽에는 커다란 작업실이 있었다. 나는 예쁜 벽돌 건물이 보이는 4층 방에 묵었다. 마을 초입부터 아기자기한 옛집들이 빽빽이 붙어 있고 돌로 촘촘하게 깔린 도로를 보니 과거의 모습 그대로처럼 보였다. 3~4층 되는 집들은 희한하게도 높이 올라갈수록 커지는 역사다리 꼴이었고 창문틀이나 기둥에 예쁜 색을 넣어 건물들이 귀여웠다. 옹플레르 항구는 내 느낌으로 노랑과 짙은 파란색이 어우러진 인상이었다. 작은 항구에 일자로 잘 정돈된 색색의 요트와 어선이 알록달록 색깔의 카페들과 어우러져 물에 비치는 모습이 인상파 화가들의 그림을 직접 보는 것 같았다. 그걸 보니 인상파 화가들이 풍경을 정말 잘 표현한 듯했다.

　광장에는 유럽에서도 흔히 볼 수 없는 성당이 자리하고 있었다. 화려한 유럽의 성당들과 다르게 어두운 색의 나무로만 지은 500년

알록달록 집들이 바닷물에 비치는 옹플레르 항구

나무로 지어진 500년 된 성당 종탑

된 소박한 성당은 커다란 배를 뒤집어 놓은 형태의 천정으로 덮여 있었다. 그 성당은 옆에 있는 오래된 종탑과 함께 마을을 예스럽게 조성했다. 옹프레르에 사는 화가 손차롱 아저씨가 성당 옆에 사는 화가 중에 모네를 주인공으로 한 영화에서 주인공 모네를 맡았던 화가의 화실을 구경시켜 주려 했지만, 안타깝게도 문이 닫혀 있어 들어가 보지는 못했다. 이 마을에는 모네의 스승으로 불리는 '외젠 부댕'이라는 인상파의 대부와 많은 예술가가 사랑한 음악가 '에릭 사티'가 태어난 곳이기도 했다. 우리는 비가 보슬보슬 오는 날 에릭 사티의 생가에 마련된 박물관에 들러 그의 음악을 들었는데 피카소와 친하게 지냈다는 사실에 더 친근감이 들었다.

이 작은 마을에 있는 부댕의 작품을 전시한 부댕 미술관의 커다란 시설에도 놀라웠지만, 더 놀라운 것은 각지에서 온 수백 명의 화가들이 각자 개인 갤러리를 만들고 전시활동을 하고 있다는 것이었다. 그리고 그림을 사랑하는 많은 사람들이 이곳을 찾아오고 그림을 감상하고 구매를 해 간다고 했다. 중세 거리 같은 그 길에는 어디에든 그림과 조각품들이 보여 미니어처 랜드를 체험하듯 화가 동산에 놀러온 기분이었다. 파리가 예술의 도시로 유명하지만, 이곳 작은 옹플레르도 예술의 마을인 만큼 프랑스 전체가 예술의 나라인 것 같아 부러웠다.

애틀라타 1

 앞으로 6개월 예정으로 차를 빌렸는데 파리에서 처음 떠난 유럽 여행지는 프랑스 서북부 노르망디 주의 작은 마을들이었다. 며칠 전 아버지가 다큐멘터리 촬영을 위하여 KBS PD 아저씨들과 노르망디를 다녀오셨었는데 그 뒤로 우리 가족에게 보여 주려고 가게 되었다. 프랑스는 여름이 되어 가는 봄이라 그런지 햇볕이 따가웠고 차를 타고 떠나는 길에서 창밖의 하늘은 노란빛이 감돌았다.

 도착한 애틀라타의 절벽은 광활했다. 중세풍의 하얀 성당이 절벽 위 푸른 잔디 위에 홀로 서 있었고 저 멀리 검푸른 바다가 있었다. 봄답지 않게 정말 강한 바람이 불어왔는데 대서양에서 부는 시원한 바람은 비릿한 바다냄새와는 달라서 맑게 가슴속으로 스며들었다. 절벽 위에

바람 부는 애틀라타 언덕 위의 성당

올라야 반대편의 거대한 코끼리 바위를 한눈에 볼 수 있는데 관광 철이 아님에도 사람들이 적지 않았다. 바람에 의한 추위 탓에 다들 옷매무새를 단단히 하고 손을 주머니에 넣고 다녔다.

내가 본 애틀라타의 바다는 무척 진실해 보였다. 저 멀리의 바다는 검고 중간부터는 검푸른 물결이 일렁이며 절벽 밑에서는 거대한 파도가 하얀 거품을 내는 모습이 무척 조화를 이룬다고 느꼈다. 차에서 보았던 햇빛은 사라졌지만 맑지도 흐리지도 않은 하늘과 구름층에 뿌연 지평선은 왜 진실해 보였을까. 요즘 들어 내가 생각하는 친구의 모습이 거짓말 안 하는 바른 사람이어서인지 묵직해 보이는 애틀라타 바다가 좋았다.

　절벽의 왼쪽에 있는 거대한 줄무늬 바위는 바다로 툭 튀어나온 절벽과 바다에서 위로 길게 솟은 기둥 같은 바위가 연결되어 그 모습이 코끼리 코를 연상시켰다. 모네와 여러 유명한 화가들이 즐겨 그렸던 명소라고 들었는데 파리 오르세 미술관 5층에서 거친 손놀림의 모네의 유화 작품을 본 기억이 있다. 흔히 사람들이 "이곳은 세상 어디에서도 볼 수 없어"라고 감탄하는데 모네의 그림을 보면 알 수 있듯 뛰어난 예술가들은 그 모습을 화폭에 옮겨 줄 수 있다고 나는 확신한다. 아버지와 어머니도 이곳에서 그림을 그려야 한다며 날아갈 듯한 세찬 바람을 피해 교회의 기둥 뒤에 쪼그려 앉아 먹으로 스케치하셨다. 나는 사방으로 뛰어다니며 사진을 열심히 찍었다. 남는 것은 사진뿐이라고 변명했지만 사실 거친 바람 속에서 그림 그리기는 싫었기 때문이었다.

　우리는 기다란 절벽을 따라 걸었다. 길쭉한 풀들이 바람결을 따라 휘날리는 것이 영화 '어거스트 러쉬'의 초입 부분, 주인공이 갈대밭에서 춤추는 장면과 비슷했다. 형은 붉은색 후드티를 입고 나는 검정과 흰색의 줄무늬 옷을 입어 바람을 가르는 사자와 얼룩말이 연상되었다.

아버지는 계속 절벽 끝에서 떨어지는 척 장난을 쳤다. 아예 절벽 끝에 누워서 풀을 잡고 떨어지기 일보 직전인 것처럼 연기해서 너무 싫었다. 어쩔 땐 그냥 콕 밀어 놀라게 하고 싶을 때도 있었다. 친구들이랑 있으면 내가 아버지처럼 하면서도 막상 부모님 앞에서는 소심해진다.

절벽을 따라 계속 걸으니 밑으로 내려갈 수 있는 계단이 보였다. 몇 분 동안 내려가자 우리가 걸었던 절벽이 하얗고 바다와 직각을 이루며 거대하고 기다랗다는 것을 알게 되었다. 흰 줄무늬 절벽은 코끼리 바위 쪽 반대의 오른편 수평선까지 끊임없이 이어졌고 그 너머까지 끝이 안 보일 듯했다.

해가 질 때까지 여기 있어도 된다는 여유로움, 덕분에 한국에서 시험 기간에 촉박해 하며 공부하던 나날들이 잊혀졌다. 거센 파도에 하얀 절벽 밑으로 염분 거품이 둥둥 떠올랐다. 그냥 바다를 볼 때는 소금이 섞여 있는지를 종종 잊는데 파도가 거칠게 바위에 치이고 튕기면 염분이 거품과 함께 둥둥 뜨게 되는 것을 볼 수 있다. 하얀 코끼리 바위가 있는 애틀라타와 진실하게 와 닿는 거친 바다도 나중에 내 기억에서 희미해질 것이겠지만 다시 힘든 날이 찾아오면 소금 거품이 떠오르듯 기억날 것 같다.

애틀라타 2

　우리는 다시 차를 타고 평지로 내려가 바닷가를 걸었다. 왼편에는 큰 코끼리바위가 보이고 멀리 오른편에는 작은 코끼리 바위와 교회가 보이는 자갈 해변이 있다. 해가 저물 때라서 그런지 연인들만이 조금 보이고 사람들도 적었다. 우리는 아버지의 내년 전시 개념인 산을 닮은 작은 돌을 찾기 위해 쭈그려 앉아 자갈을 뒤적였다. 아버지와 형은 열심히 산을 닮은 돌을 찾지만 나는 삼천포로 빠져 사람을 닮은 자갈들을 유심히 관찰했다. 정말 이상하게도 애틀라타 해변 다수의 돌이 사람의 얼굴이나 형태처럼 보였다. 비록 이곳이 제2차 세계대전 때 노르망디 상륙작전의 장소는 아니지만, 그 전쟁의 여파로 죽은 수많은 전사자의 모습이 아닐까 상상해 보았다. 그 당시 전쟁이 난 곳은 이렇게 자갈이 바닥에 빈틈없이 깔린 것처럼 시체가 널려 있었을까? 절벽 밑의 거친 파도에 비해 잔잔한 해변 때문에 더 마음이 텁텁해졌다. 우리가 산을 닮은 자갈을 찾는 동안 엄마는 파도에 떠밀려 온 미역을 주우며 다녔다. 엄마는 엄마의 키만 한 갈색 미역을 가까이 보면서 꽃이 피어 있고 무늬가 아름답다며 파리에서 머무는 집의 장식으로 두자고 많이 모았다. 내게 그 미역은 녹슨 쇠기둥처럼 보였는데 엄마가 끝까지 집으로 가지고 돌아갈 수 있을지 의문이었다.

　노을을 보기 위해 교회 쪽 절벽보다 높은 큰 코끼리 바위를 올라갔다. 예상과 달리 절벽에 올라가기 위한 계단을 무척 잘 만들어 놓았다. 노을이 지기 몇 분 안 남았을 때 얼마 떨어지지 않은 곳에 연두색 원피스를 입고 초록색 넓은 모자를 쓴 금발여인과 빡빡머리 형이 데이트를 하고 있는 것을 보았다. 쉬지 않고 뽀뽀를 하는데 나도 연인과 노을 앞에서 뽀뽀할 날이 얼마 남지 않았다고 생각해 그다지 부럽지는 않았다. 해가 거의 질 무렵 구름이 무척 아름답게 변해 갔다. 애틀라타의 노을은 보랏빛이나 푸른빛 같은 보조 색이 없는 주황빛과 붉은 빛만이 있었다. 태양이 뜨겁지도 밝지도 않아 일렁이는 바다에 빛이 반짝반짝 반사되지도 않으면서 사라지는 노을이었다. 해가 뿌연 수평선을 넘어가자 우리 가족은 앞으로 서로를 더 아껴 주자며 안아 주기로 했다. 엄마와 아버지가 안고 나와 형이 안기로 했다. 나는 원종 형이 예상했던 것보다 이해 안 가는 부분이 많지만, 점점 나아져 가고 마음을 열어 가고 있어 진심으로 포옹하려 했는데 형이 나를 업어치기로 땅에 넘어뜨려 버렸다. 순간 신경질을 낼 뻔했지만 그래도 기분 좋은 날인데 유머 있게 넘어갔다. 형이 배운 유도 실력을 멋지게 보여 주고 싶었다고 생각했다.

 관광객들이 거의 사라진 저녁 우리는 작고 허름한 베트남 식당에 들어갔다. 붉은 벽지에 간단한 중국문화 소품이 붙어 있고 촛불로 불을 켜 놓은 이 식당의 분위기가 딱히 좋아 보이지는 않았다. 어두워져 행인도 없는데 창문이 바람에 덜컹거려 고기를 시키면 인육이 나올 것 같은 분위기여서 우리 모두 의식적으로 말을 더 많이 했다. 으스스한 식당 분위기에 밖에서 본 애틀란타의 멋진 풍경이 잊힐 뻔했다. 그러나 웨이터 겸 주방장인 동양인 할아버지가 친절히 대하고 값싸고 풍성한 요리가 나오면서 안정을 찾을 수 있었다. 또 할아버지가 내 나이일 때쯤 당신의 아버지와 단둘이 프랑스로 들어와 여기서 오랫동안 요리를 하며 살아 고향이 그립다는 이야기도 들었다. 누구나 말년은 자신의 고향이나 모국에서 지내고 싶어 하는 것 같았고 앞으로도 고향에 못 갈 것 같은 그 할아버지의 모습이 짠했다.

코끼리 바위가 있는 애틀라타

모네의 그림으로 보았던 코끼리 바위의 애틀라타에 와서 하루 동안 즐겁고 느긋이 보냈다. 우리의 여행은 때론 계속 이동하지 않고 한 곳에서 해가 뜨고 지는 모습을 볼 수 있는 여유로움이 있어 마음에 들었다. 애틀라타의 신선한 바닷바람과 한적하고 중후한 느낌이 요즘 나의 분위기와 어울렸다. 자신과 닮은 이성과 결혼하면 좋다고 들은 것 같은데 그렇다면 나의 짝은 애틀라타 해변이지 않을까 생각됐다. 문득 아버지가 운전하는 차를 타고 앞으로 6개월간 언제나 새로운 장소로 여행 다닐 상상을 하니 살맛이 났다.

꿈꾸는
나무

꽁지머리 화가 양대원 삼촌

옹플레르와 애틀라타 코끼리 바위를 지나 우리 가족은 프랑스 북서부 해변 지역으로 갔다. 세계 2차 대전의 아픈 기억이 있는 노르망디 상륙작전이 벌어졌던 노르망디의 이곳저곳 바닷가 마을을 여행하는 중에 테시라는 곳에 레지던시를 와 있는 아버지의 오랜 친구인 화가 양대원 삼촌 가족을 만나기로 했다. 우리 가족이 찾아갔을 때 삼촌은 레지던시 스튜디오에서 개인전을 열고 계셨다. 삼촌은 마을의 큰 농가주택을 렌트해서 은미 아줌마와 아들 지모와 살고 있었다. 오랜만에 만나 감격했는지 아줌마는 울먹이셨고 다들 기뻐서 소리를 질렀다.

삼촌네와 함께 근처 바닷가에 있는 몽셸미셸 성을 갔다 온 후 저녁에는 저택에 걸맞은 벽난로에 삼겹살을 구워 먹으며 파티를 했다. 한국

동화 같은 성이 있는 몽셀미셀

2012. 6. 14 숯집

음식을 그리워하며 양식만 먹고 지낸 삼촌네 가족을 위해 엄마가 만들어 준 김치와 된장국에 너무나 행복해 했고 어른들은 새벽까지 와인을 마시며 이야기꽃을 피웠다. 삼촌의 전시를 여러 번 본 나는 삼촌의 작품을 무척 좋아하는데 삼촌은 화가에 대한 자부심과 열정이 뜨거우셨다. 프라이드가 강한 삼촌에게서 짧게 느껴진 1시간 동안의 예술 수업을 들었고 예술가가 되기 위해서는 언제나 화가의 생각과 마음을 갖고 지내야 한다는 교훈을 얻게 되었다. 나는 테크닉을 배우기보다 화가 부모님과 아버지 친구분들인 수많은 대가에게 예술에 대한 마음가짐이나 사고를 들을 수 있다는 것이 크나큰 장점이라 생각해

2012, 6. 13 Tessy

왔다. 아직 나는 그림을 그리는 기술적인 면은 부족하지만 삼촌처럼
예술에 대한 열정을 마음에 지니고 노력하기로 결심했다.

 4박 5일을 테시에서 머물고 삼촌 가족과 아쉬운 작별을 한 뒤 우리
가족은 노르망디 곳곳의 마을을 더 여행한 후 파리로 돌아왔다. 이번
노르망디의 여행도 몇 년이 지나면 만난 사람들과의 추억이 더 새록
새록 기억날 듯하다. 고등학교에서 보낼 3년 동안 이 노르망디의 짙은
바다와 작은 마을들이 꿈만 같을 것 같아 더 마음이 짠했다.

영국
네덜란드

데미안 허스트

    노르망디 여행을 마치고 급히 영국으로 가는 기차표를 끊었다. 프랑스와 영국 사이의 바다 밑으로 터널이 뚫려 있어 횡단할 수 있었는데 학교에서 과학 상상화에 자주 등장했던 심해 기차가 실제로 있었다는 것 자체가 놀라웠다. 영국에서는 빨간 공중전화부스와 풍뎅이 검은 택시들이 눈에 들어왔는데 영화 속에 있는 듯했다. 프랑스에서 많은 미술관을 관람했지만, 현대의 미술을 활발하게 이끄는 나라는 미국, 독일, 그리고 영국이라 하여 런던에 있는 유명한 미술관은 다 가 보자고 마음먹었다.

대영박물관, 국립National 박물관, 곳곳에 자리 잡은 크고 작은 갤러리들과 오랫동안 부랑자들의 소굴인 할렘가였다가 뱅크시라는 그라피티(낙서그림) 화가가 활동하여 지금은 거리미술로 유명해진 지역 등을 며칠에 걸쳐 두루 찾아다녔다. 그중 테이트모던 미술관은 옛날에 맥주 공장이었는데 미술관으로 바뀌어 세계 현대미술에서 현재 제일 유명하다는 '데미안 허스트' 작품을 전시하고 있었다.

서점의 문화코너에서 다이아몬드가 빽빽하게 박힌 그의 해골 작품을 본 적이 있었다. 실제로 전시된 그 작품을 보는 순간 그동안에 보아 왔던 난잡한 설치미술들과는 다르다는 것이 바로 느껴졌다. 데미안 허스트는 다른 개념 예술가들과 달리 시각적인 아름다움을 좋아하는 관객의 심리를 잘 알고 있지 않나 생각이 들었다. 거대하고 튼튼한 유리박스 포르말린 안에 포효하는 상어를 넣어 굳힌 것과 세로로 반을 갈라 내장의 모습이 훤히 보이는 소와 양을 넣어 굳힌 기괴한 작품들이 있었는데 일반적으로 볼 수 없는 모습에 사람들은 놀라서 계속 그 앞을 서성이게 됐다. 각 방에는 의료기구, 크리스털 보석, 색색의 알약, 담배꽁초 들을 세련된 진열대에 수백, 수천 개씩을 설치해 놓았다.

전시를 보면서 나도 자신의 예술세계를 펼치면서
일반인이 봐도 신선하고 인상 깊고 갖고 싶은 마음
이 들게 하는 예술가가 되겠다고 생각했다.
하지만 앞으로 예술가가 되어 데미안 허스트보다
더 많은 사람이 내 예술을 좋아하게 하려면 어떻게
해야 할까 고민되었다.

수천 개의 다이아몬드가 박힌 데미안허스트의 해골을 그리다

내가 보기엔 그 담배꽁초 하나하나 의미 있는 것이 아니라 진열대 전체가 세련된 설치작품 같았다. 수많은 개념 미술 작가들이 진열이란 방법으로 전시하곤 했지만 지저분해 보일 뿐 느낌이 없었는데 데미안 허스트의 설치작품은 가지고 싶은 열망이 일어나게 했다.

꽃, 애벌레가 많은 온실방 안에 여러 종류의 나비들이 알을 까고 나오는 것부터 시작해 번데기에서 날개를 펴고 나와 실내를 날아다니는 모습까지 볼 수 있게 한 하얀 벽의 방을 만들어 놓기도 했다. 가장 충격적이면서 인상 깊었던 작품은 튼튼하고 두꺼운 유리 상자 안에 소머리를 잘라 놓아서 소의 목에서 흘렀던 피를 먹고 자란 구더기와 파리들이 구역질나올 정도로 많이 쌓여 있는 광경을 만든 작품이었다. 튼튼한 유리창 밖에서 안전하게 보고 있다는 안도감을 느끼면서도 혐오감에 사로잡혀 계속해서 눈을 뗄 수가 없었다. 그 전시장에 있는 남녀노소의 모든 관객이 예술 분야에 종사하는 사람들도 아닐 것이고 특별히 작가의 작품에 대한 의미를 알지 못해도 지루해하지 않고 즐거워했다.

다빈치처럼 완벽하게 그림과 조각을 만드는 것에 지쳐 뒤샹이 변기를 '샘'이라 의미를 부여한 이후로 약 100년간 사물에 의미를 붙이는 예술이 많았는데, 나같이 어리거나 일반 관객들이 하나하나 보며 감동하기보다는 이런 것도 있구나 하고 스쳐 가는 것이 대부분이었다. 그런데 데미안 허스트는 앞선 예술가들의 방법을 썼음에도 사람들이 밀레의 만종 앞에서 밀레가 무슨 의미로 그렸는지 알지 못해도 매료되어 떠나가지 못하는 것과 같이 사람들이 그의 예술을 좋아하게 되는 것 같았다. 그러기에 셀 수 없이 많은 데미안 허스트 작품을 이용한 기념품과 포스터들이 폭주하듯 팔리며 예술가도 돈을 막대하게 벌 수 있다는 것을 보여 주었다. 이번 전시를 보면서 나도 자신의 예술세계를 펼치면서 일반인이 봐도 신선하고 인상 깊어 자주 작품을 떠올리게 하는 예술가가 되겠다고 생각했다. 하지만 앞으로 예술가가 되어 데미안 허스트보다 더 많은 사람이 내 예술을 좋아하게 하려면 어떻게 할지 고민되었다. 내 세대에는 새로운 예술 방법을 어떻게 창조해 낼지가 관건일 것이다. 사람은 보고 들은 정보 안에서만 상상할 수 있다고 해서 더 많이 공부하고 더 많이 여행을 다녀 견문을 쌓아야 한다는데 나는 짧았던 영국여행에서 벌써 값진 것을 얻게 된 것 같다.

영국의 전통 게임 'Cheat'

영국에 사는 이모에겐 두 명의 아들이 있다. 큰 형은 대학생이 되어 다른 도시로 공부하러 갔고 고2인 건이 형만 만날 수 있었다. 처음에는 무척 무뚝뚝한 형이었지만 원종이 형과 아버지와 함께 다큐멘터리 영상도 찍고 공원에서 야구하고 공으로 돌 맞추기, 벤치에 앉아 맥주를 마시며 보내니 3박 4일이란 짧은 시간에 정이 많이 들었다. 아침과 오후엔 박물관을 다니고 영국 현대미술관들을 보느라 바빴지만, 밤이 되면 잊지 않고 하던 게임이 있었는데 바로 치트(cheat) 라는 카드게임이다. 거짓말을 하고 또 상대를 의심하며 진행되는 이 게임은 서로를 자주 의심했던 섬나라 영국의 전통 카드게임이다. 우리나라의 화투가 있고 중국에 마작이 있듯 영국의 문화를 보여 주는 게임이라 생각되어 더 흥미로웠다.

cheat게임을 하고 있는 옛날 영국인

카드의 규칙

　·영국 전통 카드게임 'cheat'(치트). 말 그대로 거짓말을 하는 게임이다.

　·준비물: 조커를 뺀 52장의 포커 카드

　·필요 인원: 3-4명

1. 카드를 섞은 뒤 고르게 게임원들에게 배분한다.

2. 자신의 패를 상대에게 보여 주지 않고 진행자의 오른쪽 방향

으로 진행된다.

3. 이 게임은 자신의 패를 모두 없앤 사람이 승리를 한다.

4. 진행방식은 최소 1장에서 4장의 카드 뭉치를 바닥에 엎어 내며 자신이 낸 카드가 무엇이고 몇 장을 냈는지 밝힌다. 예를 들어 'K' 2장, 'Q' 3장, '4' 1장 등

5. 카드를 엎어 놓기에 카드를 내는 사람이 거짓말을 할 수 있다. 예를 들어 'K' 2장이라고 외친 뒤 '8' 1장, '2' 1장을 내는 방법이 있다. 거짓말을 하고 카드 뭉치 개수를 보태서 낼수록 빠르게 패를 소모할 가능성이 커진다.

6. 여기서 게임의 중점은 앞사람이 낸 카드 숫자의 바로 위나 아래, 같은 숫자만을 낼 수 있다. 예를 들어 앞사람이 카드 '6'을 내면 그 뒷사람은 카드 '5', '6', '7' 중에서 내야 한다.

   (순서: A, 1, 2, 3, 4, 5, 6, 7, 8, 9, 10, J, Q, K, A)

7. 그럼 다른 플레이어들은 자신이 냈던 카드와 갖고 있는 패, 상대가 외쳤던 카드를 모두 고려하여 상대의 거짓을 밝힐 수 있는데 상대가 거짓 카드 뭉치를 냈다고 생각되면 '치트!' 말한 뒤 바닥에 놓인 상대의 카드를 뒤집어 확인한다.

8. 카드 뭉치가 거짓이면 마지막에 내놓은 쪽이, 진실이면 'Cheat!'라고 외친 쪽이 바닥에 놓인 카드를 모두 가져간다.

9. 카드 뭉치가 거짓이었을 경우 치트를 외친 사람을 기준을 진

행을 이어가고 진실이었을 경우 마지막에 낸 사람이 다시 진행을 한다.

TIP

6번의 룰 때문에 자신의 카드 숫자들이 꼬일 때가 있다. 그럴 때는 일부로 상대가 진실을 말해도 '치트'를 외쳐 일단 카드를 모아 때를 기다리는 것이 좋다.

중간에 4장처럼 크게 거짓 카드뭉치를 내보는 것도 나쁘지 않다.

상대가 믿는 구석이 있으니 저렇게 두겠지 하는 마음이 들기에 쉽게 '치트'를 외치지 못 할 것이다.

그러나 무리수는 두지 말자.

나의 친구 이일기에게

여행을 떠나기 전의 나는 1년 후 변화한 내 모습을 상상하며 잠이 들었어.

자신감이 넘치고, 키가 크고, 능력도 좋아진 나를 생각하며 원하는 것을 공책에 쓰고 흐뭇해 했지.

여행의 중반에는 내가 원하던 것을 잊고 무기력하며 모든 것이 재미없던 시기가 있었지만, 무의식적으로 노력하는 부분도 적지 않았어.

그런 나날의 1년 뒤, 오늘의 난 어떻게 변했을까?

아직 나 자신이라 그런지 잘 느껴지지 않지만 큰 면에서 나는 예술가가 되겠다는 꿈을 갖게 되었고 미래에 직업을 막론하고 어떤 삶을 살아야 한다는 마음을 갖는 약간 어른스러워진 청소년이 되었지.

생활면을 보자면 투덜거리며 떼쓰던 아침식사 시간은 바뀌어 아침밥을 거르지 않게 되었고,

잠에서 깨면 짜증을 내며 다시 자려던 내가 알람에도 벌떡 일어나 앉게 되었지.

굳이 신경 쓰지 않던 만사에 여유 있게 된 것 같아 기뻐.

이제 아이를 낳고 내 자식을 어떻게 키워야 할지 고민해야 할 나이일 듯한데 우린 아직 코흘리개 중학생이구나.

갓 중학교를 입학할 때만 해도 세상의 두려움을 갖고 있었는데……

사람에게는 늘 변수가 생겨.

나는 1년이란 아직 중학생인 내게 긴 시간의 여행을 보냈고 이제 넌
캐나다에서 3년의 시간 동안 너만의 여행 같은 시간을 갖겠구나.

3년 후 너와 난 더 많이 달라져 있을 텐데 멋지게 변할 우리의 모습
이 궁금하다.

동현이와 함께 인도로 여행 갈 날이 기다려져!

네가 떠나기 전에 한번 보지 못해 아쉽다 친구야.

그립다.

- 런던에서 너의 친구 정환이가

미지의 세상을 향해 걸어가는 우리

반 고흐 미술관

　빈센트 반 고흐를 모르는 사람은 없을 것이다. 미술 시간에 꼭 한 번은 따라 그리고 컵에 프린트되어 있는 그림으로 먼저 알게 되는 화가였다. 솔직히 집에 고흐의 책이 많이 있었지만 초등학생 때는 재미있는 'WHY' 책과 '로빈슨 쿠로스', 중학생 때는 '퍼시잭슨' 같은 모험 판타지 책만 주로 읽다 보니 고흐의 일대기를 읽지 못했다. 그래서 고흐와 이름이 비슷한 고갱이나 고야로 혼동되기도 했다.

　파리에 머무는 동안 오르세 미술관에서 고흐의 특별전을 하고 있었다. 넓은 중앙 전시장은 한가한데 고흐의 방은 끊임없이 사람들로 붐벼 인기가 어느 정도인지 실감할 수 있었다. 관람객이 그림에 손을 댈 수도 있는데 사람들을 믿는 것인지 몇 백억 원이 넘는 그림들을 우리는 50cm 앞에서 볼 수 있었다. 말하다가 실수로 침이 튈 수

존경하는 고흐의 자화상을 그리다

도 있겠다 싶을 정도로 가까이서 작품을 보니 작은 터치까지 살펴볼 수 있을 정도였다. 오르세 미술관에서의 첫날은 고흐의 그림이 믿어지지 않아 꼼꼼히 보았지만, 눈에 들어오지 않았다. 그러나 루브르 미술관, 퐁피두 센터에서 계속 그림을 보고 다시 오르세 미술관에 돌아와 고흐를 보니 느낌이 달라졌다. 고흐의 강렬한 색채와 붓놀림이 눈에 들어왔고 특히 자화상은 오묘한 감정을 들게 해 불안정하지만, 자기주장이 셀 것 같은 나만의 추측도 해 보게 되었다. 유럽의 어느 나라 어느 도시의 미술관을 가도 몇 점씩 보이는 고흐의 그림은 유명한 다른 그림들 사이에서도 사람들이 가장 많이 몰려 있었다. 고흐의 그림이 어느 미술관에 있던 가장 사랑을 받는데 고흐는 지금 와서 이런 유명한 화가가 되었을 줄 살았을 때 상상이나 해 보았는지 모르겠다. 그래도 대부분의 화가가 그렇듯 고흐도 사람들이 자신의 그림을 알아줄 때가 있을 것으로 생각하지 않았을까 싶었다.

암스테르담에서 제일 먼저 간 반 고흐미술관에서 나는 오직 그림만으로 고흐의 인생을 연상해 볼 수 있었다. 이런 것을 느낄 때마다 내가 멋있어지는 것 같아 매번 쑥스러웠다. 고흐는 26살 내외의 나이부터 죽는 날까지 11년간 정말 열심히 그림을 그렸다. 아버지도 스케치와 그림의 물량이 괴물같이 나오는데 고흐는 완성작 유화로 10년간 2,000점을 그렸다니 그것을 뛰어넘으려면 나는 커서 연애할 시간도 없을 듯하다. 고흐의 초기와 중기 그림들은 내가 알던 화려한 색보다 어두웠고 일반인들의 모습을 그렸다.

고흐는 자신만의 그림을 만들려고 노력한 듯 당시 모네와 같은 유명한 화가들의 작품도 따라 그리고 일본화에 나오는 한문까지 유화로 그리기까지 하며 열심히 연습했다. 37세의 젊은 나이에 삶을 마감하기 전 약 6년간 고흐는 우리가 알고 있는 힘 있고 개성 넘치는 그림들을 그려 냈다. 일본화를 좋아한 듯 매화나 벚나무 그림이 무척 많았고 동양화처럼 그림자가 없는 것도 많았다. 아무도 알아주지 않고 가난한 삶을 살았지만, 열정이 대단했다. 정신 병원에서 죽는 해에 그린 그림들은 슬프지는 않았지만, 곧 죽을 것 같다는 느낌이 들었다.

고흐의 전시회를 보면서 화가라면 이렇게 자신의 감정을 그림 안으로 넣을 수 있어야 한다고 생각했고 자신이 본 세상을 화려하고 독창적으로 표현한 고흐가 존경스러웠다. 괴짜라는 별명의 고흐가 왜 세계적으로 유명한지 그림만으로 깨닫게 된 미술관 기행이었다.

네덜란드 풍차마을에서의 의자 전시

　네덜란드의 둘째 날 우리는 바로 베를린으로 돌아가기 아쉬워 암스테르담에서 멀리 떨어지지 않은 풍차 마을에 갔다. 딱히 정보를 알고 있었기보다 묵었던 호텔 데스크 누나한테 추천받아 가게 되었다. 네덜란드 하면 딱 떠오르는 풍차와 튤립이 가득한 이 풍차 마을은 사진을 찍기에 좋았다. 나는 꽃을 사랑하는 청소년은 아니지만, 각양각색의 봉 같은 튤립이 정원에 예쁘게 놓여 있으니 아름답게 보였다. 풍차 속은 내가 생각하던 것과 전혀 달랐다! 만화나 '플란더스의 개' 같은 책 속의 풍차에서는 밀을 빻는 간단한 기계구조로 되어 있었는데 막상 실제를 보니 과학적이고 복잡한 엄청나게 큰 구조물이었다. 깨를 빻아

기름으로 짜서 보관하거나 물감을 만드는 것까지 풍차 하나만으로 가능했다. 복잡한 톱니바퀴와 도르래 등이 그 거대한 풍차 속에 꽉 차 움직이는 것을 보니 세르반테스의 소설 속에서 정신이 오락가락한 돈키호테가 풍차를 보고 괴물이라 생각했던 것이 가능할 수 있을 듯했다.

풍차 마을이 생각보다 유명한 마을이었는지 우연히 한국에서 온 가족을 만났다. 그 가족도 우리처럼 휴가를 맞아 2주간 자동차 여행을 하고 있어 공감대가 생겼고 마을 앞에 있는 박물관에서 담소를 나누게 되었다. 현대적인 디자인으로 만들어져있는 건물의 중앙에 Zaans Museum이란 이름이 쓰여 있었고 이 박물관은 풍차들과 어울리진 않았지만 세련되었다.

마침 나는 내부를 둘러보다가 박물관에서 진행하고 있는 활동에 참여하게 되었다. 한국에서는 기억에 남을 만한 체험을 해 본 적도 없었기 때문에 만약 영어를 많이 쓰면서 참여해야 한다면 냉큼 안 한다고 했을 것이다. 넓은 벽에 2절지를 붙여 놓고 자신만의 의자를 그린 뒤 우수작만 모아 전시를 한다고 하여 나 또한 서양인들에게 밀릴 수 없다는 사명감으로 목탄을 잡았다. 독일에서 바우하우스 박물관에 갔을 때 의자 디자인을 보며 한번쯤 나도 그려 보고 싶었는데 마침 잘됐다는 생각이 들었다. 거침없이 그려 나가다가 한 발짝 뒤로 물러나 보고

풍차가 보이는 튜울립 꽃밭

다시 그리는 것을 반복하며 뭔가 안에서 타오르며 끓어오르는 감정이 아드레날린을 목탄으로 분출시키는 듯한 느낌이 들었다. 처음 잡아 본 목탄의 감촉도 나쁘지 않았고 뒤에 배치된 좌석에 앉아 있는 여러 사람들이 쳐다보며 내 그림을 평하는 모습도 나름 퍼포먼스를 하는 것 같아 흡족했다.

  그림이 끝난 뒤 사람들이 박수도 쳐 주고, 어떤 의미로 그린 것인지, 사인은 한글인 것인지, 다양한 질문을 하며 반겨 주었다. 신사다운 행사 진행자 아저씨는 내 그림이 끝난 뒤 놀라워하며 다가와 지금 직업이 화가냐고 물었다. 동양인이 서양인 나이를 못 맞추듯 그 아저씨도 내 나이를 몰랐기에 한 질문이겠지만 무척 기분 좋은 얘기였고 화가가 되고 싶은 학생이라 말했다. 그래도 굽히지 않고 영국에서 길거리 아트(gravity)를 배웠느냐며 열기를 띠며 물었다. 진짜 기분이 좋았다. 요즘 부모님과 스케치를 하는 것 외에 아버지에게 예술은 마음으로부터 하는 것이란 마음가짐에 대해서 배웠다. '내 재능을 외국에서 먼저 알아보는구나!' 하며 김칫국과 미역국을 다 들이마셨다. 그러나 아무도 안 알아주더라도 그저 네덜란드의 큰 박물관에 전시됐다는 것에 기쁨을 느끼고 고흐의 나라에서 내 그림을 쌀 한 톨만큼이라도 알리고 왔다는 생각에 네덜란드는 짧은 시간이었지만 더욱 강렬히 기억에 남을 것이다.

Zaan박물관에서 열린 '상상의 의자 그리기'이벤트에 참여
ㅡ위 작품은 박물관에 한달 동안 전시됨

꿈꾸는
나무

독일

독일의 아우토반

　암스테르담에서의 짧은 소풍을 마치고 다시 베를린으로 돌아올 때였다. 이슬람인들이 생전에 메카에 가보는 것이 소원이듯 자동차 속도에 자신 있다는 운전자들이 가고 싶어 하는 곳은 독일의 아우토반이라고 했다. 아우토반은 독일어로 단지 고속도로라는 의미인데 독일 사람들이 왜 그리 아우토반을 좋아하는지 고속도로에 진입해서 바로 알 수 있었다. 멀리 한 줄로 이어지는 도로는 언덕 없는 지평선을 메꿔 가듯 길게 이어졌고 중간중간 머리 위로 지나가는 간판들은 속도 제한을 알려 주고 있었다. 130에 X 표시가 있는 표지판은 기존의 속도 제한과 달리 130km/h 미만으로 운전하지 말라는 뜻이었다. 정말 대단했다. 이제까지 여행을 하며 제한 속도로 운전하라는 표시는 봤어도 그 이상으로 달리라는 표시는 처음 보았다. 굳이 내가 운전을 하지 않아도 운전자들이 왜 이곳에 흥분하는지 알 것 같았다.

　파리에서 베를린으로 가는 도중에 들렀던 쾰른에서 만난 독일인 아저씨는 우리나라의 고속도로에 속도제한이 있는 것을 너무 이상해 했다. 새로 나오는 모든 차가 속도를 얼마나 더 빠르게 내는지가 중점이 돼 가는데 250km/h로 갈 수 있는 차는 최대로 달릴 수 있도록 도로 여건이 돼야 하는 것이 아니냐고 하며 자신의 차는 200km/h를 넘게 달릴 수 있다며 은근히 자랑했었다. 그래도 나름 속도를 좋아하는 아버지는 우리의 르노차가 낼 수 있는 최대 속력을 내보았고 수많은 차를 제치고 달리니 레이싱 게임이라도 하는 듯했다. 불행히도 렌터카인 우리 차는 177km/h로 속도가 제한돼 있어 아우토반에서 200km/h 이상으로 달려 볼 것을 꿈꾸며 독일로 왔던 아버지의 마음을 안타깝게 했다. 그러나 177km/h라는 속도로 달려도 차의 엔진에서 요란한 소음이 발생하지 않아 나는 내 귀를 의심해야 했다. 차가 속도를 더 내면 바람이나 바퀴에 튕기는 방해물이 느껴지지 않게 되는 것을 보아 이 속도로 사고가 나면 그냥 으스러지겠구나 싶은 긴장감에 마른 침이 넘어갔다.

암스테르담에서 베를린으로 돌아오는 길은 멀었지만, 가끔 독일의 맛있는 음식을 파는 휴게소가 있어 좋았다. 아우토반을 달려 우리는 여느 때와 같이 여름의 짙고 푸른 하늘을 보며 7시간의 드라이브를 무사히 마치고 어두운 밤에 베를린으로 돌아왔다.

재미있는 표지판이 있는 아우토반

130에 × 표시가 있는 표지
판은 기존의 속도 제한과 달
리 130km/h 미만으로 운전하
지 말라는 뜻이었다. 정말 대
단했다. 이제까지 여행을 하
며 제한 속도로 운전하라는 표
시는 봤어도 그 이상으로 달리
라는 표시는 처음 보아 당혹스
러웠다.

자동차 안에서

광활한 고속도로를 달린다. 가끔 창문을 열어 바람 부딪히는 소리를 맞기도 하지만 '제이슨 므라즈Jason Mraz'의 밝은 음악이 그의 귀를 심심치 않게 해 준다. 스마트폰과 차를 블루투스로 연결하여 음악을 튼다는 것은 그에게 놀라움을 주었다. 그의 자리는 조수석의 뒷자리 이다. 차곡차곡 쌓인 짐이 트렁크를 매워 후면 창이 안 보이고 그의 왼팔을 짐에 얹어야 할 만큼 비좁지만, 신발을 벗고 창에 기대 비스듬하게라도 몸을 누이면 상상에 빠질 수 있다.

그는 어릴 때 집에서 멀리 떨어진 초등학교에 다녀 집에 돌아오면 근처에 사는 친구가 없어 종종 침대에 누워 자신이 천재가 되면 어떨까

하고 상상했었다. 생각만 해도 흐뭇하지만 이제는 그것이 가능치 못하다는 것을 깨닫고 그나마 현실적으로 성공한 사업가나 예술가가 되어 즐거운 청춘을 보낼 상상을 한다. 그가 살고 싶은 집과 원하는 친구 관계, 성격 등을 떠올리고 적어 보기도 한다. 표지가 닳도록 읽은 '데일 카네기 인간관계론'을 되뇌며 한국에 있을 때 자신의 실수들을 돌아보고 미래의 대처법도 만들어 둔다. 친구가 싸움을 도발하면 어떻게 대처할지, 여자에게 상처 주지 않고 말하는 법 등 그는 심심의 극에 달해 별의별 것을 떠올려 본다. 그러나 그가 사춘기임에도 불구하고 딱히 여자에 대해 많이 생각하는 것은 아니다. 시간이 빨리 흘렀으면 할 뿐이다.

벌써 차가 달린 지 3시간이 지나 그는 허기가 진다. 그의 어머니께 '달걀'이란 한 단어만 말한다. 잠시 뒤 출발하기 전 싸온 삶은 달걀과 빵을 양손에 잡고 먹는다. 시식이 끝난 후 그는 어릴 적부터 그래 왔듯 차 바퀴의 진동을 느끼며 졸음에 묻히려 한다. 창밖의 풍경을 잠시 보면 독일 특유의 짙은 녹색 빛 숲이 스쳐 지나가는 전봇대 뒤로 파노라마처럼 보인다. 햇볕도 뜨겁고 공기도 신선할 것 같다. 그는 4시간이 지나면 밖에 나갈 수 있다는 마음으로 또 잠에 빠진다.

나는 지루한 차 안에서 이런 생각들을 하면서 시간을 보냈다.

- 이날 우린 베를린에서 암스테르담으로 약 660.7km이란 장거리를 달렸다. 7개월간 우리는 약 22,000km를 달렸고 이 거리는 아버지가 밤을 새우며 휴게소를 가지 않고 운전을 한다면 20일 2시간 55분이 소요된다. 나는 그 시간을 더 멋있게 보냈다면 얼마나 좋았을까 하고 뒤늦게 후회했다 -

꿈꾸는 나무

베를린의 아침 조깅

베를린 집앞 풍경

다락방에서의 아침에는 눈을 감아도 햇볕이 눈두덩을 뚫고 강렬하
게 내리쬐었다. 아버지가 아래층에서 부르면 부스스 일어나 옷을 입

고 나갔다. 집에서는 더워서 숨을 못 쉴 것 같았는데 거리는 거대한 플라타너스 나무들로 하늘이 뒤덮여 서늘한 탓에 닭살이 돋았다. 아침마다 집 앞 거리를 쓸고 있는 앞집 할머니와 인사를 하고 조깅을 시작했다. 어제는 미로 같은 주택가의 조용한 거리를 달렸고 오늘은 숙소에서 가까운 울창한 숲이 있는 공원으로 방향을 정하고 뛰었다. 장마철이라 웅덩이가 많았고 빗줄기에 맞아 떨어진 낙엽들은 벌써 갈색으로 변해갔다. 높은 나무들과 무성한 나뭇가지 사이로 햇빛이 들어와 어둑한 숲에 구멍이 숭숭 뚫려 있는 것 같았다. 공원이라기보다 가꾸지 않은 숲에 가까워 잎 내음이 진했고 짙은 녹색 잎과 갈색 진흙 바닥과 함께 공기 또한 보랏빛으로 보였다. 쉬지 않고 길을 달리다 보면 목줄을 풀은 개떼들과 산책하는 사람들, 우리같이 조깅하는 사람들을 지나쳤다. 가끔은 개들이 미친 듯이 달려들어 놀라기도 하고 아버지가 먼저 지나치는 사람에게 인사를 하면 뒤늦게 그 사람도 멋쩍어 하며 인사할 때도 있었다. 아버지와 함께 마주치는 사람마다 인사를 하고 속도를 늦출 때마다 아버지에게 숲의 형태나 나무와 풀의 관찰법을 배우고 집에 돌아왔다. 매일 아침 아버지와 아름다운 풍경 사이로 조깅을 하고 샤워를 한 뒤 엄마가 차려 주는 한국 음식을 먹으며 낮에는 미술관에 가거나 온종일 그림을 그리고 책을 읽으며 지내는 시간이 정말 행복했다. 그리고 샤워를 할 때마다 멋있어지는 내 몸매를 볼 때면 씩 웃음이 나왔다.

세계에서 가장 다양한 독일 맥주

　베를린에서 지내던 한 달 동안 우리 가족은 건강관리를 위해 운동을 열심히 하고 소식을 하려 노력하고 있었다. 그래도 맥주의 나라 독일에서 맥주를 즐기지 못한다는 것은 후회할 일이 분명해서 아버지와 엄마는 마음먹고 맥주를 사기로 했다. 우리가 머무는 한적한 단독 주택가를 벗어나 작은 시내로 들어가면 '레이첼'이란 여자 이름의 마트가 나온다. 그렇게 크지 않은 1층짜리 마트는 우리가 맥주의 나라에 들어왔다는 것을 상기시켜 주는 데 아주 큰 역할을 했다. 10m 정도 되는 진열대 4개에 모두 다른 맥주를 세워 놓았고 이것을 본 나는 다양한 맥주의 종류에 감탄을 했다. 나는 나이도 아직 어리고 딱히 맥주의 맛을 아는 것은 아니지만, 부모님을 따라 예술가들의 파티에 자주 따라가서 그런지 술 좋아하는 어른들의 마음이 내 안에 자리를 잡은 듯했다. 첫 날 맥주 진열대에서 우린 10 개의 맥주를 샀고 베를린을 떠나는 날까지 54종류의 맥주를 샀다.

한국에서도 판매가 되는 것으로 웬만해서 아는 '하이네켄'이나 '버드와이저', 'KGB' 이런 것 말고 난생처음 보는 맥주를 골랐다. 아버지의 제안으로 표를 만들어 맥주를 마시고 나서는 1~10 중 맛있을수록 높은 점수를 매겼는데 당연히 아버지의 입맛에 따른 점수제였지만 나도 평가에 참여해 약간씩 맛을 볼 수 있었다. 기본적으로 내가 알고 있던 연갈색의 맥주도 있지만 음료처럼 단맛이 나는 맥주도 있고 콜라 색의 흑맥주, 생물학적으로 만들었는지 이름이 바이오 맥주인 것도 있었다. 어떤 맥주는 물보다 가격이 싸서 어떻게 만들어졌는지 의심이 가는 맥주도 있었다. 그 중에서 높은 점수를 받은 맥주는 종류를 떠나 맛이 심금을 울렸다. 탄산이 목을 톡톡 치는 세기와 입안에 살짝 남는 맥주의 은은한 향 등이 일반 맥주와 비교가 안 되었고 안주가 없어도 입이 심심치 않을 듯했다. 그러나 독일에는 최고의 안주가 있는데 그것은 바로 족발이다. 식당이나 호프집 비슷한 곳에 가면 푹 삶은 몰캉몰캉한 커다란 족발과 부대찌개 맛이 나는 볶은 양배추 절임을 찾을 수 있고 이 음식과 맥주의 조화는 소시지나 치맥을 뛰어넘는다고 장담한다.

① Wernesgrüner
② Breznak
③ Berliner Bürgerbräu
④ Staropramen
⑤ DAB
⑥ Sternburg URTYP 6
⑦ Beck's gold 5
⑧ Bio Pils
⑨ Hacker-Pschorr
   Münchener Gold
⑩ EFES 5
⑪ Flensburger
⑨ Kellerbier 7
⑫ Flensburger
   PILSENER
⑬ Maternus Gold
⑭ Litovel Premium Lager Hell 5
⑮ Litovel Premium (Dark) Schwarzbier 5
⑯ Krušovice Lenne 8
⑰ Krušovice Jmperial 6

⑱ Pupen-Schultzes Schwarzes
   Dandskron 8 7
⑲ Ur-kroltitger 7 Schwarzes
⑳ Flensburger Gold 8
㉑ Landbier MainGold 7
㉒ Landbier Natur-Trubes 6
   Keller
㉓ Hacker-Dschorr
   Münchner Kellerbier 8
㉔ Monchshof Original 8
㉕ Flensburger Dunkel 6
㉖ Eilauer
㉗ J.W Edelstff 8
㉘ 1664 8
㉙ ASTRA
㉚ PAULANER Hefe (DUNKEL) 5 -Weißbier
㉛ " Weißbier (Kristallklar) 9
㉜ " Original Münchner 8
㉝ Beck's Gold ||| 6 Hell
㉞ " 6

53

독일맥주 시음 채점표1

㉟ Störtebeker Pilsenerbier 5   ㊾ Sternburg hefe-weizen

㊱ Weihenstephaner 8   ㊾ Diebels 9
    Kristallweissbier

㊲ Löwenbräu Original 6   ㊾ Hacker-Pschorr
                                   Sternweisse
㊳ Tannen ZÄPFLE 5

㊴ Duckstein Original 9

㊵ Erdbeer Poiten 3 (딸기)

㊶ Erdinger Dunkel

㊷ Original Oettinger
              Radler

㊸ Gaffel Kölsch

㊹ Schöfferhofer Dunkles
     hefeweizen

㊺ Erdinger Lirweisse

㊻ Original Oettinger
     Hefeweißbier

㊼ Sternburg Radler

㊽ Warsteiner
         Zitrone

㊾ (Radler) Henninger

㊿ Neumarkter
    Lammsbräu Weiße

51 ''   ZZZisch

독일맥주 시음 채점표2

내가 술을 못 마시는 체질이라는 사실을 알고 충격에 빠진 것은 유럽에서였다. 유럽 와인이나 맥주를 마시면 얼굴이 빨개지기 시작해서 온몸이 진한 분홍빛으로 변하는 것이 무척 괴로웠다. 양가의 할아버지들이 진짜 술을 잘 드시고 아버지도 일반인을 초월하는 특별한 간기능을 가지고 계시는데 집안 내력을 못 받은 것은 엄마의 유전자를 물려받은 것이 분명했다. 사회에 나가면 어디서든지 술자리가 생길 것이고 인간관계에 있어서 무척 중요하다고 알고 있었고 어릴 때 부모님이 조금씩 주던 술을 잘 받아 마셔 말술을 마실 줄 알았다가 뒤통수를 맞았다. 엄마는 남자가 술을 잘 못 마셔도 성공할 수 있다고 다독여 줬지만, 아버지는 진심으로 괴로워했다. 아들이 맥주 한 잔만 마셔도 피글렛(곰돌이 푸우에 나오는 분홍돼지)이 되는데 내가 아버지여도 그 심정이 이해될 듯했다. 그러나 술 때문에 망하거나 죽은 사람들이 너무 많다는 것을 알기에 나는 딱히 술에 대해 많이 연연해 하지는 않는다. 그저 이렇게 독일에서처럼 맛있는 맥주들을 맛있게 먹으며 살고 싶고 매일 한 병씩 종류별로 흑맥주를 즐겨 드시는 아래층 독일 할아버지, 할머니처럼 건강하게 늙고 싶어졌다.

꿈꾸는
나무

누군가를 판단하는 고정관념에 대하여

내가 중국에는 판다가 그려져 있고 프랑스에는 에펠탑이 그려져 있는 세계지도를 보기 시작했을 때부터 많은 사람이 외국인들에 대한 인상을 두리뭉실하게 말해주었다. 한국 사람들은 모두가 그렇게 말하자고 약속이나 한 듯이 영국 사람은 신사답고 스페인은 불같고 독일은 차갑다고 했다. 독일인들은 사진만 봐도 묵직하고 딱딱하게 생겨서 나 또한 그렇게 믿었다. 자라면서 내가 들어온 내용을 외국인들이 어떤지 궁금해 하는 동생들에게도 대강 아는 대로 대답해 주곤 했었다.

그런데 막상 베를린을 포함한 독일의 여섯 도시를 다니면서 만난 공

공기관의 직원들, 판매원들, 음식점 종업원들, 길거리에서 만난 사람들은 우리에게 매우 친절하고 상냥하게 대했다. 베를린에서 한 달 동안 머물던 집의 일 층과 이 층에 주인 할머니와 할아버지 두 분이 이웃으로 계셨었다. 처음 며칠은 내가 음식물 쓰레기 버리는 곳이 어딘지 물어볼 때조차 무척 어색할 정도로 집에 필요한 것만 알려 주시고 무뚝뚝했었다.

어느 날 이 층에 사는 기질라 할머니가 엄마의 약과 엄마가 좋아하는 독일 냄비를 사는 것을 도와 주셨는데 우리 가족은 답례로 체리를 드리기로 했다. 나는 영어를 너무 하기 싫어서 안 가겠다고 반항했지만, 막내가 가야 된다고 하여 결국 2층 현관에 체리 통을 들고 서게 되었다. 문을 두드리니 하얀 칠이 된 나무문이 열리면서 키가 큰 하르문트 할아버지가 반갑게 맞이해 주셨다. 나는 안 되는 영어로 열심히 설명을 했고 나름 영어 표현이 조금 잘 되는 것 같아서 기분이 좋아졌다. 그러나 연세가 있으셔서 그런지 내 이야기는 잘 못 알아들으시고 기질라 할머니와 함께 카드게임을 치자고 들어오라고 했다. 빨리 집에 가고 싶은데 순간적으로 'Yes'라고 말하는 바람에 방 안에 들어가 한참 동안 카드게임을 하게 되었다. 다부진 입을 갖고 계신 독일 할아버지, 할머니를 볼 때마다 차가워 보였는데 카드를 치며 밝게 웃으시는 모습을 보니 어린아이들 같았다.

카드게임을 계기로 더욱 가까워져 자주 보드게임을 같이 했다. 하르문트 할아버지는 엄마가 자전거 타는 법을 배울 때 딸 도와주듯 뒤에서 잡아 주고 일층에 사는 마들렌 할머니 부부와도 다 함께 음식파티를 하며 지냈다. 처음에는 독일 사람들이 냉정하고 고지식하다고 알고 있어서 주인 할머니, 할아버지들을 대하기 어려웠는데 알고 나니 유머 넘치고 즐거운 분들이었다. 베를린을 떠나는 날에는 종일 눈시울을 붉히고 우리가 차에 타서 사라질 때까지 손을 흔들어 주었다.

일반적으로 나라마다 사람들의 민족성이 있을 수 있지만, 개인적으로 한 명, 한 명 만날 때는 알고 있던 바와는 모두 달랐다. 불같다던 스페인 사람 중에서도 소심한 스페인 사람이 있었고 만화주인공 하이디처럼 발랄한 스위스인을 못 만나 보았다. 세상은 너무나 많은 종류의 사람들이 있기에 성격이 어떻고 좋은지 나쁜지 정할 수가 없다고 생각한다. 각자가 만나는 사람들이 다 다르기에 내가 안 것을 누구에게 확정적으로 말해 주는 것은 잘못된 것 같다. 그래서 자신이 먼저 마음을 열어서 상대의 마음을 열고 더 좋은 면을 보도록 노력할 뿐 사람을 대할 때 고정관념을 갖지 않고 대해야 한다는 것을 이번 여행에서 알게 되었다.

다양한 얼굴 연구

세상은 너무나 많은 종류의 사람들이 있
기에 성격이 어떻고 좋은지 나쁜지 정할
수가 없다고 생각한다. 각자가 만나는 사
람들이 다 다르기에 내가 안 것을 누구에
게 확정적으로 말해 주는 것은 잘못된 것
같다.

카셀 도큐멘타

 한 달간 머물던 베를린의 숙소를 떠나 세계 최고 권위의 미술행사 중 하나라고 불리는 카셀 도큐멘타를 보러 독일 중부에 있는 도시 카셀에 가게 되었다. 5년에 한 번 열리는 이 행사에서 나는 세계에 얼마나 다양한 예술이 있는지 체험해 보려고 했다.

 카셀에 도착한 다음 날 아침에도 아버지와 베를린에서부터 했던 조깅을 하며 카셀 도큐멘타가 열리는 공원을 돌았다. 양쪽 변에 연두색의 나무가 무성한 긴 호수를 따라 뛰었더니 디즈니랜드 성 같은 궁전이 나왔다. 숲 군데군데에 방갈로가 있었고 내부에 전시가 진행된다고 했다. 우리는 이틀에 걸쳐 전시를 보게 되었다. 티켓이 어마어마하게 비싸서 지금까지 수많은 현대미술을 보았던 우리에겐 '이 행사가 과연 그만한 가치가 있을까' 하는 의문이 들기도 했다. 전시장에 들어서자 이곳 카셀 행사에는 현대 미술을 다 모아 놓은 것 같았다. 내가 그림을 평가할 정도는 아니지만 '이것이 예술이야?' 할 만큼 억지스러운 작품들도 많았고 설명을 듣지 않아도 '예술이네!'라는 말이 나오는 작품들도 있었다. 내 견해로는 요즘 현대 미술에는 작가가 관객과 소통을 한다는 것에 초점을 두는 것 같은데 막상 관객은 작품에 대한 해석을 읽지 않으면 전혀 이해할 수가 없다는 것이 아쉬운 것 같았다. 마치 영화를 다 본 뒤에도 아리송해서 인터넷 검색으로 스포일러 글을 읽어야 '이게 이랬군.' 같은 심정이지 않을까 싶었다. 나는 고흐나 모네 풍으로 그려져서 감정이 느껴지는 작품들에 더 마음이 갔다.

전시가 카셀의 도시 곳곳에서 진행되고 있어서 버스를 타고 찾아다니며 봐야만 했다. 폐쇄된 기차역과 카페 같은 건물들도 있었고 상가 뒤에 있는 작은 방에서도 전시가 진행되고 있었다. 어떤 전시는 내부에 빛 하나 들어오지 않는 어두운 공간에서 심장이 울릴 만큼 쿵쿵대는 큰 소리를 틀어 놓고 사람들이 춤을 출 수 있게 했는데 관람객들이 직접 들어가 공포를 느껴 보는 것 같았다. 방의 중앙쯤 되는 곳에

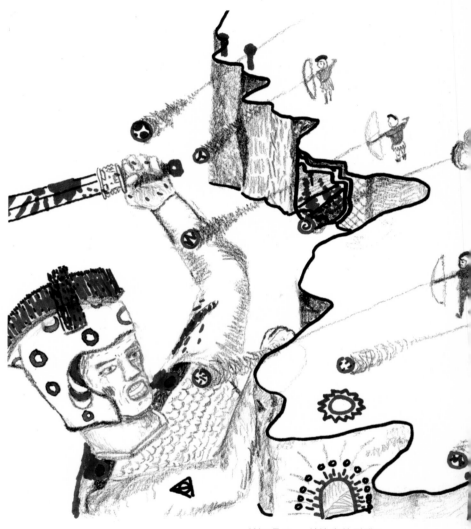

War Tree - 상상 속의 전쟁도

WAR Tree.

서서 심장이 울리는 것에 심취해 있는데 갑자기 손 하나가 내 손을 잡아 깜짝 놀랐다. 5살 돼 보이는 금발 남자아이가 겁을 먹어 내가 자신의 아버지인 줄 알고 붙잡은 듯했다. 아기일 때 나도 그 심정을 느껴 보았던 적이 있어서 어둠 속에서 그 아이의 손을 붙잡아 준 전시가 내겐 가장 인상적이었다.

우리나라 예술가들의 작품도 몇몇 보였지만 다른 나라들에 비해 비중이 무척 작았다. 우리나라에도 멋있고 아름다운 작품을 만드는 예술가가 많은데 큰 세계 무대에 쉽게 나올 수 없다는 것이 안타까웠다. 언제쯤이면 한국의 예술가들이 세계로 나갈 통로가 지금보다 더 크게 열릴 수 있을지 생각해 보았다.

꿈꾸는 나무

안토니오 아저씨와 이사벨 아줌마와의 재회

카셀에서 떠나 부모님의 친구 이사벨 아줌마와 안토니오 아저씨가 사는 슈투트가르트로 왔다. 내가 5살 때 아버지가 서실을 다니고 계셨는데 그곳에서 독일인 이사벨 아줌마를 만나 친하게 되셨다고 한다. 그 후부터 우리 가족은 아줌마와 남편 안토니오 아저씨와 함께 전시장도 다니고 경주 여행을 갔었다. 당시 아이를 갖지 못한 아줌마와 경주의 유명한 한의원도 찾아가기도 했다. 내가 그때는 너무 어려 많은 기억이 나지 않지만, 집에 초대받아 아줌마의 맛있는 요리를 먹은 것이 기억에 남고 한국 사람과 다르게 생긴 외국 사람들과 지내는 것이 신기하고 재미있었다. 여행을 떠날 때 이번에 꼭 만나기로 약속해서 엄마, 아버지는 12년 만에 만나는 친구라 무척 들떠 있었다.

슈투트가르트에 도착해 드디어 아줌마를 만났다. 내가 기억하던 은발에 밝은 미소를 변함없이 갖고 계셨다. 그리고 한국에서 애를 못 가져 괴로워하던 때와 달리 딸과 두 아들을 키우는 엄마가 되셨다. 첫째 딸 안나는 10살에 마르고 예쁜 큰 눈을 가졌다. 둘째 세바스찬은 한 시대를 풍미한 처진 눈의 휴 그랜트를 닮아 그 눈웃음과 젠틀한 매너

아버지 그림 앞에서 막내 오글리안과 함께

를 겸비해 부럽게도 장차 수많은 여자를 울릴 매력남이 될 것 같았다.
셋째 오글리안은 눈이 동그랗고 이마도 둥근 새끼 판다 같이 귀여워
계속 콕콕 찔러 보게 되었다.

벤츠 박물관과 동생들과의 추억

클래식 벤츠 자동차

다음 날 아침 다 같이 트램을 타고 시내구경을 한 뒤 그 유명한 벤츠 박물관을 보러 갔다. 8층짜리 박물관에는 벤츠의 역사와 벤츠가 그동안 만들었던 모든 차가 다양하게 진열되어 있어 자동차 마니아들이 보았다면 기뻐했을 것이다. 트랜스포머 영화가 나오기 전인 초등학생 때의 나의 꿈은 로봇 박사였고 자동차는 로봇과 한 몸이라 생각하여 아버지의 빨간 프라이드 차가 언제쯤 본모습을 보일지 기다리기도 했다. 새침하고 낯설어 했던 3살 오글리안은 나의 따뜻한 매력에 빠져 강아지처럼 졸졸 따라다녔고 세바스찬 또한 내 옆에만 있으려고 뛰어다녔다. 10살 안나는 사춘기인지 나를 의식하는 듯 수줍어하면서도 좋아하는 것이 느껴졌다.

독일 애들이라 아직은 영어를 못해 바디 랭귀지로 친해져야 했지만 내가 우리 집안의 장손이라 친척 동생들 21명과 놀면서 아이들 심리를 잘 알고 있는데 외국 아이도 마음은 다 같구나 생각하게 되었다. 세바스찬은 숨바꼭질을 할 때면 잘 숨는 내 옆에 붙어 있고 동생을 울리고 모른 척하다가도 내가 멋있는 로봇을 그려 줄 땐 옆에서 공손하고 존경하는 자세로 바라보는 모습이 귀여웠다.

그날 저녁 식사에는 엄마의 잡채, 연어 초밥, 아줌마의 중독성 강한 독일 소시지와 살라미, 가지로 만든 라자냐를 먹었다. 늦은 시간까지 어른들은 포도주를 마시며 즐거워하셨고 우리도 늦도록 신나게 놀았다. 이튿날 엄마의 생신이었는데 안토니오 아저씨가 몰래 우리가 묵은 호텔비를 내주는 깜짝 이벤트를 해 주셨다. 그리고 우리는 또 다른 재회를 기약하며 다시 길을 떠났다. 헤어질 때 우리가 떠나는지 모르고 어디 잠깐 다녀오는 줄 알던 오글리안의 천진난만한 얼굴이 떠오른다.

스위스

동화 같은 로잔의 시골풍경

　독일 슈투트가르트에서 만난 예쁜 안나, 개구쟁이 세바스찬, 귀여운 오글리안과 헤어지고 먼 길을 떠나 스위스 로잔으로 왔다. 이곳에서 머물 숙소는 어머니가 아는 분의 집인데 한 달간 한국에 가 있으셔서 그 집에 20일을 머물게 되었다. 넓은 창이 특징인 집에 들어가 커튼을 활짝 열었을 때 나는 그림이 걸려 있는 줄 알았다. 짙푸른 바다처럼 파도 소리를 내는 레만 호수와 그 뒤로 알프스 산맥의 끝자락과 산을 타고 올라선 작은 마을이 보였다. 레만 호수 건너편의 프랑스 도시 '에비앙'을 볼 수 있었다. 낮에는 수많은 배가 로잔과 에비앙을 오갔다. 밤이 되면 에비앙에선 크리스마스 장식 같은 불빛이 반짝이며 잔잔해진 레만 호수에 비추었다. 그 모습이 마치 옆으로 누운 크리스마스트리처럼 보였다.

　오후에는 아버지, 어머니와 함께 스케치하러 주변의 경치 좋은 풍경으로 드라이브를 나갔다. 시내 밖을 벗어나면 경사진 산마다 포도밭이 펼쳐져 있었다. 아직 시기가 일러 연둣빛을 띤 아기 포도밖에 없었지만 몇 개 따먹어 보기도 했다. 와인으로 유명한 이 마을은 집집마다 자기네 와인을 팔았다. 포도밭으로 빽빽하게 둘러싸인 마을 민가에서 산 비싼 와인은 가격대비 맛이 떫어서 아버지는 몇 번이고 후회하셨다. 포도밭과 또 다른 시골 마을을 지나면 거대한 나무가 듬성듬성 서 있는 광활한 초원이 나왔다. 우리는 그곳에서 간단한 스케치를 하고 농부들도 안 보이고 개 한 마리 안 보이는 넓고 넓은 푸른 언덕에 돗자리를 폈다. 바람에 흩날리는 풀들의 움직임을 보며 아이스박스에 넣어 온 엄마의 도시락을 꺼내 먹으니 아무 걱정 없던 유치원생으로 돌아간 것 같아 행복했다. 행복한 순간에 나는 어른스럽거나 현재의 내 모습 그대로 행복하기 보다 동심으로 돌아가 행복을 느끼는 것 같다.

　초원을 지나 보이는 목장의 소들은 목에 예쁜 색 끈으로 만든 큰 종을 걸고 돌아다녔고 그 모습이 강렬해서 시골이란 느낌보다 동화 속에 들어온 것처럼 느껴졌다. 그렇게 지나오면 하늘이 있을 자리를 잎

로잔 교외 풀밭 위의 소풍

166 _ 사춘기 소년의 그림여행

과 가지로 덮어 버린 삼나무 숲이 나와 그 사이로 산책을 즐겼다. 솔잎 같은 진득한 향이 공기에 퍼져 코를 간질였고 저 멀리서 울려오는 맑은 종소리가 이파리를 흔들리게 했다. 초원 위로 지는 해 앞에서 우리 가족은 다시 스케치를 했는데 언덕 위 풀밭에 앉아 꼼짝하지 않고 석양을 바라보는 검은 고양이의 뒷모습은 사람 입장에서는 엽기적이었지만 깊은 사색에 빠진 나의 모습과 비슷했다.

 로잔은 휴양을 즐길 수 있었던 산 위의 넓은 초원과 삼나무 숲이 마음에 남을 것이다. 방황하는 나이에는 좁고 막막한 골목보다 석양이 보이는 넓은 초원이 필요하다는 생각을 했다.

인터라켄에서의 첫 캠핑

스위스 로잔에 머무는 동안 유럽의 지붕이라는 알프스 산맥의 융프라우를 보기 위해 떠났다. 독일에서 떠나올 때 우리는 내가 고등학교에 들어가면 못 할 캠핑을 몰아서 많이 하자고 나름 비싸고 좋은 텐트를 샀다. 한국에선 부모님과 스케치를 하러 주말이나 방학 때 오지에 가서 텐트를 많이 쳤었는데 유럽에서도 신속하게 이동을 하기 위해 캠핑을 하기로 했다. 우리 가족의 첫 캠핑은 야영장에서 융프라우가 정면으로 한눈에 보이는 위치에 자리를 잡았다. 하얀 산과 파란 하늘이 배경인 융프라우의 장엄함을 보았을 때 파란 물감으로 색을 칠한 듯 산의 선을 따라 구름 한 점 없는 하늘을 보며 어떻게 이것이 하늘일 수 있단 말인지 생각하며 놀라워했다. 나와 아버지는 새로 산 텐트를 설치해 놓고 보니 허리를 숙이고 다녀야 하는 크기여서 자연에 걸맞은 텐트라고 흐뭇해 했다. 다들 큰 텐트나 캠핑카를 끌고 왔는데 우리 것은 정말 귀여웠다.

아버지의 산수풍경 그림에는 아버지가 상상해서 그린 산 위에 패러글라이더나 비행기, 우주선이 있다. 그런데 인터라켄엔 행글라이더와 페러글라이더들이 사방에 날아다녀서 아버지가 스케치할 때 글라이

캠핑장에서 보이는 알프스

더 옆에 '진짜 있었음'이라고 써 놓았다. 우리가 과연 유럽에서 캠핑할
수 있을지 걱정하며 다녔는데 막상 야영장에 텐트를 치고 나니 '별거
아니군'이라는 마음이 바로 생겼다. 우리는 드디어 시작한 캠핑의 맛

세상에서 가장 따뜻한 집 - 텐트 속에서 잠든 가족

을 더욱 느끼기 위해 아버지와 오랜만에 축구공으로 승부차기 내기도 하면서 즐겁게 시간을 보냈다. 저녁에 아버지가 삼겹살과 소시지, 국물이 나오는 양송이버섯을 석쇠로 굽고 로잔에서 엄마가 직접 담은 김치를 반찬으로 밥을 해서 먹었다. 저녁을 먹으며 지고 있는 해에 의해 점점 짙어져 가는 붉고 분홍빛이 맴도는 융프라우를 볼 수 있었다. 그 모습에 정말 눈이 불타 버릴 것만 같았다. 할아버지께서 산은 멀리서 봐야 멋있다고 하시며 산으로 관광 가시면 산 밑에서 올라가시질 않고 술한 잔을 하셨다는데 정말 우스갯소리가 아니라는 것을 융프라우를 멀리서 보면서 느꼈다.

유럽의 지붕 융프라우에 가다

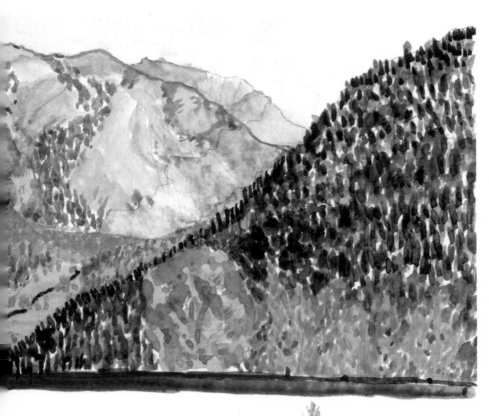

나무 연구

알프스

알프스 자연 연구

꿈꾸는
나무

다음날 드디어 유럽에서 가장 높은 레스토랑이 위치한 융프라우로 기차를 타고 올라갔다. 캠핑장에서 보이던 눈 덮인 포근한 산의 이미지와 달리 기차를 타고 가까이서 보니 무척 거대했다. 산맥이 전체적으로 완만한데 검은 바위와 햇빛에 비쳐 눈이 부신 하얀 눈의 조화로 자연의 풍경인데도 현대적이고 세련되어 보였다. 정상에 도착하여 건물 안으로 들어가니 생각보다 관광객들이 꽉 차 그 열기로 영하의 날씨도 사라진 듯했다.

　내가 살고 싶은 집은 풍경이나 도시를 내려다볼 수 있는 고층 빌딩이었는데 이 산 위의 건물이 높아서 미리 미래의 내 집에 와 본 것 같아 좋았다. 난간 밖으로 나가니 차가운 공기가 느껴졌다. 몸은 추운데 이렇게 차가운 공기를 들이마시면 뇌가 맑아질 것이란 기분이 들었다. 고도가 높아서 그런지 구름이 눈에서 피어올라 시야를 가려서 설산이 희끗희끗 보였다 사라졌다 하니 더 감질나게 예뻤다. 건물 밖에선 눈 위에서 장난을 치며 노는 사람들과 사진을 찍는 사람들로 북적거렸다. 우리는 건물 위쪽에 있는 매점에서 한국산 컵라면을 사먹었다. 뜻밖에 낯선 곳에서 컵라면을 먹으니 한국이 가까운 것 같아 이곳이 융프라우라는 실감이 나지 않았다.

3,000m 넘는 네팔의 안나푸르나에서도 괜찮던 부모님이 갑자기 고산 증세로 어지러워하셔서 비싼 티켓 값에 비해 짧은 시간 만에 다시 내려오는 기차를 타야 했다. 정말 비싼 돈으로 올라온 곳이라 아까워서 산 중턱의 기차역에 내려 트레킹으로 걸어 내려오기로 결정했다. 기차 소리가 멀어진 뒤 새 지저귀는 소리도 희미해지고 발소리만 들려 세상에 나만 남은 것 같았다. 어릴 적 하이디를 읽으며 하이디 할아버지의 낡은 오두막이나 거친 산들을 생각했는데 산에서 내려가며 보는 알프스의 경치는 밝은 톤의 숲, 고급스러워 보이는 오두막집들, 조그마한 꽃들로 아기자기하고 평화로운 모습이었다. 부모님 앞에서는 아무런 느낌을 받지 않은 것처럼 덤덤한 표정을 지으며 다녔지만 책에서 보던 알프스에 오니 신이 났다.

체르마트의 마테호른과 볼펜 젓가락

　스위스에서 융프라우 다음으로 유명한 체르마트의 멋진 풍경을 감상하며 내려오던 중 뾰족한 설산과 작은 물구덩이 같은 호수, 소풍을 즐기는 사람들의 모습을 한눈에 내려다볼 수 있는 넓적한 절벽에 자리를 잡았다. 같은 높이의 맞은편 산은 눈이 덮여 있는데 우리가 앉아 있는 쪽엔 파릇파릇 풀이 나 있고 따뜻한 햇볕이 든다는 것이 신기했다. 특히 갈색 바위와 하얀 눈이 어우러져 하늘을 찌를 듯이 서 있는 뾰족한 산을 하늘에서 카메라로 찍으면 횃불이 얼어 있는 것처럼 보일 것만 같았다. 그 산이 바로 체르마트의 명물 마테호른이라고 했다.

우리 가족은 각자 스케치북을 꺼내어 마음에 드는 곳을 스케치했다. 아버지는 수채화 물감으로 새로운 느낌을 시도하면서 신나 있었고 엄마는 색연필로, 나는 연필로 그림을 그렸다. 스케치한 뒤 엄마가 열심히 준비해 온 도시락을 꺼냈다. 평소 밥을 한 그릇 이상 먹지 않는 내가 특이하게도 도시락밥은 두 통 이상씩 혼자 먹기 때문에 여러 개의 밥통과 반찬 통이 내 배낭에서 나왔다. 그런데 황당하게도 젓가락이 없었다. 요즘 틈만 나면 나는 엄마를 괴롭히고 있었기에 이번에도 엄마를 놀렸다. 엄마는 오늘 아침 일찍 준비하느라 그랬는지 젓가락을 챙겨 오지 않았다고 미안해하셨다. 옆에 젓가락을 만들 나무도 없고 어떡해야 하나 생각하다 각자 필통에서 제일 깨끗한 펜 한 쌍을 골라 휴지로 싹싹 문질러 젓가락을 만들었다. 두껍고 짧아서 반찬 집기가 힘들었지만, 그런대로 괜찮았다. 밥과 김치, 살라미, 오이무침, 김, 오징어무침, 삶은 달걀이 있었다. 밥이 펜에 눌어붙고 김과 끈적한 오징어무침이 어우러져 왠지 성냥개비를 확대한 모습을 보여 주는 것 같았다. 그러나 우리는 이렇게 세균도 한 번씩 먹어 줘야 몸이

마테호른 가는 길

병균을 잘 이긴다고 근거 없는 얘기를 하며 도시락을 깨끗이 비웠다. 식사 후 땡볕 아래 바위에 누워 모자로 머리를 가리고 낮잠에 빠졌다.

　가끔 매우 아름다운 곳만 다니다 보면 지나온 곳 중에서 잊게 되는 장소가 생기기 마련이다. 그곳의 공기나 향이 어땠는지 풍경이 어땠는지 가물가물해지게 되는 것처럼 말이다. 마치 맵고 짜게 끓인 라면을 계속 먹다 보면 나중에는 그 맵고 짠 맛이 잘 안 느껴지는 것과 비슷하다. 다행히 우리는 엄마의 건망증으로 잊지 못할 볼펜 젓가락 추억을 갖게 되었고 내게는 무척 평화롭고도 웃음거리가 있는 알프스의 체르마트으로 기억될 것 같다.

오스트리아
크로아티아

행운의 쌍무지개

스위스에서 드디어 오스트리아로 건너왔다. 오스트리아에 오기에 앞서 인터넷으로 짤즈부르크 근처의 마을에 렌트 하우스를 구해 찾아가는데 어둠이 찾아왔다. 짤즈부르크를 차로 통과한 뒤 영화 '반지의 제왕'에 나오는 절벽 같은 무시무시한 산들 사이를 지나 오스트리아의 중앙에 있는 브록도르프란 마을에 도착했다.

주소가 정확지 않아 집을 찾을 수 없던 우리는 마을 입구 다리를 건너 첫 집에 차를 세우고 길을 물었다. 나는 잠에 취해 뒷좌석에 앉아 있었고 부모님만 나가서 낯선 사람들과 이야기를 나누었다. 물끄러미 밖을 내다보고 있는데 갑자기 누군가가 휙 하고 창문 옆을 지나가더니 부모님께 무슨 이야기를 했다. 차 안이라 얼굴이 잘 보이지 않았지만 여자애인 것 같았다. 그리고 많은 마을 아줌마, 아저씨가 나와 부모님과 차 앞에서 이야기를 나누었고 엄마가 창문을 두드리며 얼른 나오라고 했다. 얼떨결에 나온 나는 인사타이밍을 놓쳐 모두에게 인사도 못 하고 뻘쭘하게 서 있었다. 그렇게 동네 사람들 도움으로 겨우 렌트 하우스를 찾아 들어갔다.

 짐을 정리하는 내내 엄마와 아버지가 계속해서 그 여자애 이야기를 했다. 그렇게 예쁜 여자애는 유럽에 와서 처음 봤다고, 또 길을 물으니 맨발로 뛰어나와 길을 가르쳐 주었다고 친절하다면서 다문화 가정도 고려해 보겠다고 하시며 내일 아침에 나랑 놀자고 집 문을 두드릴 수도 있다는 농담을 주고받으셨다. 역시나 나는 아니라고 김칫국부터 마시지 말라고 하면서도 내심 긴장이 되었다. 저녁 내내 신경을 안 쓰다가 잠자리에 눕기 전에 '진짜 아침에 여자애가 오면 어떡하지!' 생각하며 평소 입던 할머니가 만들어 주신 산타 잠옷도 안 입고 혹시 아침에 일어나자마자 뛰어나갈 수 있도록 반바지를 입었다. 그날 밤 나는 아침에 문을 두드리면 그 애한테 할 얘기도 생각하고 내가 잠에 빠지면 아무것도 듣지를 못하기 때문에 이른 시각에 조그마하게 노크를

브록도르프에 뜬 내 마음의 쌍무지개

꿈꾸는
나무

하면 못 깰까 봐 잔뜩 긴장한 상태로 잠이 들었다. 그러나 역시 다음날 그 여자애는 오지 않았다.

브룩드로프는 탐스윙이라는 작은 마을을 중심으로 주변에 집이 몇 채 안 되는 시골 마을이다. 주변에 목장이 있어서 가끔 똥 냄새가 날아왔지만 그림으로 그린 것처럼 깨끗한 마을이었다. 주변에 2,000m가 넘는 높은 산이 셀 수 없이 많고 겨울이면 눈이 많이 와서 트랙터로 눈을 치워야 할 정도이지만 그 덕분에 스키를 좋아하는 관광객들이 몰려들어 돈을 번다고 했다. 우리는 숙소 계약을 1주일 정도밖에 못해서 집을 비워 줘야 했는데 아버지는 금방 건너편 집을 알아내서 더 크고 현대식으로 지은 좋은 집으로 이사했다. 그 집 주인들은 독일사람이고 남아프리카 공화국에서 살다가 이사를 왔다고 했다.

우리는 엽서를 보내려고 탐스윙 시내에 갔다가 작은 성당에 들어갔는데 수녀님의 친절한 소개로 '고요한 밤 거룩한 밤'의 가사가 쓰인 곳이 바로 이 성당이라며 'J. 모르'라는 신부님의 방과 책상을 보여 주었다. 200년 전 눈이 하얗게 내린 어느 크리스마스날 외롭게 혼자 성당을 지키던 신부님이 가사를 썼다니 왠지 그날의 풍경이 눈에 선한 듯했다. 전혀 모르고 갔는데 그런 중요한 장소에 서 있다는 것이 신기했다.

유럽을 여행하며 우리는 한국 음식을 만들어 먹으며 다녔는데 가끔 마을의 가장 유명한 식당에서 그곳의 음식을 먹었다. 내가 먹어본 음식 중에 탐스윙의 작은 식당에서 먹은 염소 족발은 잊을 수가 없을 정도로 맛있었다. 우리가 식사를 하는 동안 모든 동네분들이 우리를 쳐다보았고 자리가 비좁아 긴 테이블에 합석한 노부부는 친절하게 독일어 메뉴판을 해석해 주었다. 우리는 도시락을 싸서 겨울이면 스키장이 되는 산에 드라이브도 가고 스케치도 하면서 이틀에 한 번씩은 집 옆에 있는 마트에 장을 보며 하루하루를 보냈다.

비가 내린 어느 날 탐스윙의 작은 성당이 보이는 들판에 서서 화려하게 핀 쌍무지개를 봤다. 행운이 우리와 함께할 것 같은 멋진 무지개였다. 브록드로프는 우리 가족이 나중에 휴양을 위해 온다면 꼭 이곳으로 오고 싶다고 말한 곳이다.

꿈꾸는 나무

프란체스카와의 만남

 브록드로프에 온 뒤 아침마다 뭔가 허전한 듯한 마음으로 밥을 먹은 뒤 길가가 보이는 집 앞의 그늘 벤치에 앉아 공부했다. 프랑스 파리 이후부터 가족이 모여 움직이는 경우가 많았는데 오스트리아로 넘어와서는 나흘간 나 혼자 뜨거운 땡볕에서 책을 읽고 있었다. 주변에 농장이 많고 꽃이 많아 내가 끔찍이 싫어하는 똥파리들과 벌들이 우글거리는 벤치에서 그 여자애를 딱히 기다리고 있다고 생각되지는 않았지만, 글자에 신경을 기울이지 못한 채 길가를 힐끔힐끔 쳐다보았다. 마을을 가로 지르는 큰 도로가 약 600m 정도밖에 안 되는 작은 마을임에도 불구하고 승용차와 택배 트럭도 많았고 가끔 우리나라 트랙터 5대를 쌓아 놓은 크기의 대형 트랙터도 지나갔다. 말 타고 트레킹 하는 사람들도 보였고 나를 보고 "니 하오" "사요나라"를 외치는 현장학습 나온 초등학생들도 지나갔지만 정작 자전거를 타고 가는 여자애나 말을 타고 가는 여자애에게 말을 걸지 못했다.

 5일째 되는 날은 그늘에 숨어 있어야 할 정도의 더위였지만 집 앞 벤치에 꿋꿋하게 앉아 있었다. 도로 반대편에 언제나 밖에서 신문을 읽는 호호 할아버지만이 보였는데 털이 많은 강아지 한 마리를 산책시키는 내 또래 여자애가 마을 외곽 쪽으로 나가는 게 보였다. 말을 걸지 말지 고민하다가 여자애가 눈앞에서 사라진 지 5분 뒤쯤 오늘 내가 먼저 안 나서면 진짜 못 보겠구나 싶은 마음이 들어 아무 생각 없이 뛰어 좇아갔다. 그로부터 3시간 동안 나는 7명의 내 또래 금발 여자애들에게 짧은 인사를 나누거나 인사를 하려고 저 멀리에 있는 애를 뒤좇아 뛰기도 했다. 길에서 그 여자애가 지나가기를 기다리며 '며칠 전에 우리 봤었지? 덕분에 집 잘 찾았어.' 라는 인사말부터 여섯 개정도의 말할 거리를 생각하며 서성거렸다. 융통성 없게도 아무 여자애에게라도 말을 걸었으면 그 애라도 친해지면 되는데 첫날 본 애가 아니다 싶으면 '잘 가'라고 했다.

동네 한가운데 맑은 개천이 흐르고 있었는데 그 여자애가 사는 곳인 것 같은 집 앞에서 한참을 기다렸다. 만나면 기다렸다는 티를 안 내려고 계곡에 내려가 발을 집어넣고 있기도 하고 다리 위에 붙어 있는 독일어의 마을 설명문도 읽는 척을 했다. 내 나이 15살, 한국에서는 상상도 안 해 본 것을 오스트리아에서 하고 있으니 대체 내가 뭐 하고 있는지 이해할 수 없어 괴로웠다. 누가 보면 나는 깃을 한껏 세워 구애 중인 수비둘기처럼 보일 것이 분명하고 내가 생각해도 수비둘기랑 비슷하게 느껴졌다. 그러나 안타깝게도 그 애를 못 만나고 5시간 만에

푸른 초원이 펼쳐진 오스트리아 목장 풍경

꿈꾸는
나무

집으로 돌아왔다. 아버지와 어머니는 거의 나와 한 몸이 된 듯 마음 아파하셨지만 그럴수록 나는 괜찮다고 말했다. 나중에 만나면 메일 주소를 알아보자고 하며 오늘의 스케치는 숙소에서 30분 떨어진 산 위의 호수에 가서 하자고 집을 떠났다.

차를 타고 입구의 다리를 지날 때 황당하게도 그 애가 집 앞 의자에 앉아 있었다. 내가 어른의 도움 없이 스스로 친해져 보려고 한국에서도 안 하던 짓을 몇 시간이나 더위에 땀을 뻘뻘 흘리며 노력했는데 허무했다. 그냥 가자고 하는 나를 뿌리치고 아버지와 어머니는 그 집에 들어가 그 여자애 엄마에게 말을 걸었다. 처음 봤을 땐 밤에 봐서 잘 몰랐는데 그 여자애는 키가 나보다 조금 작아 거의 168cm가 되어 보였는데 얼굴은 주먹만 하다는 것이 맞을 정도로 작았다. 역시 여행에서 본 여자 중에 제일 예뻤다. 아버지가 우리는 세계여행 중인 것부터 시작해서 매우 다양한 얘기를 늘어놓으시다가 잊지 않고 프란체스카의 메일 주소를 받으셨다.

프란체스카 가족은 음악의 도시 짤즈브르크에서 독일 쪽으로 조금 올라간 국경 지역에 사는데 여름이면 이곳으로 휴가를 온다고 했다. 막상 프란체스카와 만나니 생각해 놓은 이야깃거리를 머리 안에서 도저히 기억해 낼 수가 없는데다가 영어로 말하는 법도 잊어버린 것 같았다. 부모님이 대화하는 동안 프란체스카가 마구간의 말을 보여줘서 아무 말도 못 하고 그저 고개만 끄덕이며 말구경만 했다.

아마 내가 생각한 것보다 더 예뻐서 말문이 막혀 버린 것 같았다. 짧은 만남이었지만 이번 일로 남자로 사는 것이 매우 힘들 것이라고 느껴졌다. 나는 말을 잘하고 농담도 잘하는 사람들이 정말 부럽다. 오스트리아 여행이 끝난 후에 처음으로 프란체스카에게 메일을 쓸 때 미리 노트에 연습을 했는데 연애편지 처음 써 보느냐고 아버지가 나의 방대한 글을 다량 삭제 후 필요 문구를 넣어 주셨다. 그 뒤 프란체스카와 학교 이야기, 다뤄 본 악기에 대한 얘기, 내가 가 본 곳 등을 얘기하며 많은 것을 주고받았는데 가장 재미있었던 것은 공부와 시험 이야기였다. 우리나라 교육열에 대해 무섭게 얘기해 주려고 중학교 시험 과목 수를 얘기해 줬지만 예상 외로 오스트리아가 더 많은 과목의 시험 을 친다고 했다. 또 우리나라 고등학생들 공부 시간을 알려 주니 한국에서 안 태어난 것이 다행이라며 놀라워했다.

빨리 대학생이 돼서 오스트리아로 프란체스카를 만나러 갈 수 있는 날이 오길 기대해 본다.

클림트와 에공 실레

브록드로프에서 프란체스카의 메일 주소를 얻어 기쁜 마음으로 펜팔을 주고받으며 빈으로 왔다. 마음이 들떠서인지 빈 외곽 야영장에 텐트를 치고 시간 날 때마다 노트북을 들고 와이파이가 터지는 야영장 카페에 앉아 있기만 했다. 우리 가족은 야영장에서 우리와 같은 방법으로 자동차를 빌려 유럽여행을 하는 한국 대학생 준영 형과 미선 누나를 만나게 되었다. 오래 한국 사람을 못 만났던 아버지가 반가워하며 말을 계속시켜도 새침하게 반응해서 나는 별로 얘기하고 싶은 마음이 들지 않았다. 내가 나중에 혼자 여행을 나와 한국인과 만나면 첫 만남이더라도 열심히 말을 걸어야겠다는 마음과 여행 중에 한국인들끼리도 더욱더 친하게 지내면 좋겠다는 생각을 했다.

여행의 대부분 시간에 너무 많은 미술관을 다녀 지치기도 했지만 그

나에게 커다란 감동을 준
에공 실레의 작품의 묘사하다

195

래도 쉬지 않고 미술관과 박물관을 보러 다녔다. 오스트리아는 모짜르트나 바그너 같은 음악가들이 유명하고 화가 중에서 구스타프 클림트와 에공 실레가 유명하다. 클림트의 '키스'는 우리나라 3D TV 광고에 많이 나와 친근해졌는데 검은 벽 가운데서 황금색으로 빛나는 이 작품을 보면 예쁜 여자에게 시선이 계속 가서 눈을 뗄 수가 없었다. 클림트는 작품들이 특이하고 그림과 액자를 합쳐 디자인한 것처럼 느껴졌다. 그리기 전에 미리 아이디어를 많이 생각해 두었을 것 같았다. 나이가 들어서 기발하고 가볍게 그린 것에 비해 클림트 박물관에서 어린 시절에 예술학교에서 연습하며 그린 인물화와 신화 등에 관한 소묘화들은 인간의 한계를 뛰어넘은 실력처럼 사실적으로 그려졌다. 피카소나 달리 등 대부분 화가가 먼저 똑같이 그릴 줄 아는 실력을 연마한 후 창의적인 그림을 그렸다는 것이 인상적으로 다가왔다. 내가 오스트리아에서 값지게 얻은 것이 프란체스카의 메일 주소 말고 다른 것이 있다면 바로 화가 에공 실레 작품을 보게 된 것이다. 클림트의 제자로 27세란 이른 나이에 죽은 이 천재 화가의 거칠고 두터우면서 심오한 느낌을 주는 작품들에 반해서 팬이 되었다.

　지금까지만 해도 그림과 조각 등 예술품을 수십만 점 넘게 보아서 약간은 흥미가 떨어져 있던 예술에 대한 나의 욕구를 에공 실레의 작품들이 다시 북돋아 주었고 덕분에 작품들을 분석하며 신중하게 보고 감상하게 되었다. 에공 실레는 사람을 강한 이미지로 그렸는데 물감을 두껍게 사용해 시각적으로 묵직해 보였다. 작가의 감정이 보이지 않는 정교한 고대 가톨릭 종교 그림을 주로 보다가 봐서 그런지 에공 실레의 작품이 가슴에 더 강하게 와 닿는 것 같았다. 넓은 회색 벽에 작은 작품 하나만 있어도 벽을 가득 채우는 느낌이 느껴져서 작가의 힘을 보는 듯하여 정말 대단하다고 생각했다. 에공 실레가 17살에 그린 스케치도 전시장에 소중하게 걸려 있는 것을 보고 내가 지금 그리는 모든 그림이 커서 중요한 자료가 될 것이라고 생각했다.

유럽의 여러 나라를 이동할 때마다 느끼지만, 유럽의 어느 나라라도 언제나 부러운 문화유산이 있었다. 유럽의 사람들은 예술과 더불어 지낼 수 있는 무척 이상적인 삶을 살아가는 것 같았다. 나도 구스타프 클림트, 에공 실레, 모차르트처럼 이름만 들어도 그 나라를 떠올리게 하는 멋진 예술가가 되고 싶다.

옥색 바다가 그리운 크로아티아

오스트리아에서 출발해서 슬로베니아의 회색빛 작은 마을을 지나 예정에 없던 동유럽 국가 크로아티아에 오게 되었다. 오른쪽에 해변을, 왼쪽으론 산을 두고 달리는 것이 동해안을 거꾸로 거슬러 달리는 기분이었다. 크레파스로 색칠한 듯한 바다와 수채화로 깔끔하게 덮어버린 듯한 하늘의 조화는 내가 그림 속에 들어온 것처럼 만들었고 무엇보다 주황색으로 통일된 해변 마을의 지붕들 때문에 시간을 거슬러 마치 중세 시대의 평화로운 마을에 온 듯했다.

첫날은 크르카 국립공원의 거대한 폭포를 보고 둘째 날은 옥색 바다를 따라 멋진 절벽이 둘러쳐진 항구도시 오미스로 왔다. 우리는 빈의 캠핑장에서 헤어졌다가 크로아티아 국경 근처에서 다시 만난 준영이 형, 미선 누나와 함께 도시에서 조금 떨어진 해안가의 숙소에 머물며 집 앞바다에서 수영을 즐겼다. 아기자기한 해변에는 근처에 사는 할아버지, 할머니들이 많이 오셨다. 지금까지 봐 왔던 바다는 멀리서 봤을 때 멋있지만 가까이서 보면 모래와 섞여 누런빛이 나는 경우가 많앉는데 크로아티아의 바다는 햇빛이 바닷물을 투사해 자갈로 가득한 바닥이 선명하게 보일 만큼 맑았다. 수영장 물보다도, 정수된 물이 가득 찬 컵의 바닥을 보는 것보다도 뚜렷한 바닷물 때문에 왠지 마셔도 될 것 같은 착각이 들었다. 흔들리는 표면에는 초록 줄기와 하늘색 줄기의 일렁임이 보였다. 개구리 수영으로 좀 멀리 나가 바다에 떠 있는 요트를 잡고 있으면 저 멀리 흐릿하게 반대편 산도 보이면서도 우리가 묵고 있는 쪽의 산에 예쁜 하얀 집들이 옹기종기 모여 있어서 동화 속에 들어온 듯한 풍경처럼 보였다. 이 산 중턱에 나도 큰 별장 하나 지어서 여름에 수영하고 고기 구워 먹으면서 놀 수 있는 여건이 되도록 노력해야겠다고 결심했다.

  유럽 여행 중 가장 아름다웠던 곳이 어디냐고 질문을 받는다면 크로아티아의 맑은 바다라고 대답할 것이다. 나는 크로아티아를 오기 전 동유럽은 위험하다는 말을 많이 들었다. 그래서 아버지도 이번엔 동유럽 여행은 나중에 하자고 미뤘었는데 막상 크로아티아의 극히 일부만을 봤는데도 우리가 걱정했던 것이 얼마나 바보 같았는지를 알게 되었다. 동유럽은 위험하다는 편견보다 풍경의 아름다움이 더 잘 보존돼 있는 것 같다고 오미스의 옥색 바다에서 헤엄치며 생각했다.

물속이 비치는
크로아티아의 작은 해변

이탈리아

시간을 잃어버린 도시들

이탈리아 피렌체가 주요 배경이고 주인공이 그림 복원사인 일본영화 '냉정과 열정 사이' 중에는 "이 도시는 점점 쇠락해 가는구나. 복구해 본들 또다시 부서질 뿐이야. 일거리라고는 우리처럼 유산을 지키든지 관광업에 종사할 뿐 여기 사람들은 과거에서 사는 거야." 라는 대사가 나온다. 우리는 자동차를 타고 유럽을 몇 개월 돌아다니며 버스나 기차로는 가 볼 수 없는 시골 마을들도 가 보고 시간이 여유로워 유명한 도시들도 빠짐없이 다녔다. 유럽의 문화가 전쟁문화라고 할 정도로 전쟁이 잦았지만 셀 수 없을 만큼의 박물관과 성당이 잘 보존되어 있었고 아직도 사람이 사는 건물들 또한 중세시대를 연상시켰다. 또한, 유럽문화의 바탕이라 할 수 있는 수천만 점의 그림과 조각 등이 남아 복원이 되어있었다.

스위스 인터라켄, 오스트리아 잘츠부르크, 피렌체, 피사, 등 유럽 대부분의 도시들과 작은 마을들은 관광업으로 유지되고 있었다. PC용

오래된 유적들이 널려 있는 로마의 콜로세움

로마 교외의 한적한 풍경

중세게임의 배경과 일치하는 시골 마을에 돌과 나무로 지은 서양 집
들 사이로 시간이 지나 울퉁불퉁하게 되어 버린 자갈길에 지팡이 짚
고 가는 하얀 할아버지, 할머니들의 뒷모습을 보면 타임머신이 없이
도 과거로 돌아가는 기분을 만끽할 수 있었다.

   유럽은 토지가 비옥하고 풍요로워 일찍 문화를 발달시켜 예술에 대
한 수준이 높아지게 되었다고 한다. 그래서 다빈치와 모네처럼 이름
있는 화가와 음악가, 작가들이 나오고 현재까지 우리가 배우는 많은
예술 분야의 대부분은 서양문화였다.

로마에 머물던 빌라의 주인아저씨네 가족과 식사를 했는데 이탈리아의 현실에 대해 한탄하며 이야기를 해 주었다. 로마 안에서 유적을 파괴하는 것을 유네스코가 금지를 했는데 땅을 파면 유적이 어디서든 나와 새 건물을 지을 수도 없고 끊임없이 옛 그림과 조각을 복원해야만 한다고 했다. 그리고 이탈리아의 사람들은 어렸을 때부터 옛 문화에 길들여져 현대문화를 잘 받아들이지 못해 현대적 작업을 하는 새로운 작가가 많이 나오지 못하고 사회의 변화도 달팽이처럼 느리다고 했다. 나는 여기저기 유물이 널려 있는 로마 시내의 풍경과 피사, 피렌체의 오래된 건축물을 보면서 이 도시들은 정말로 시간을 잃어버린 것 같다는 생각을 했다.

변신하는 도시

영국의 런던이나 독일의 베를린은 유럽의 도시 중에서도 변화와 조화를 시도해 독창적인 현대식 건축물도 등장하고 현대미술을 이끄는 거장들이 많이 머물고 있다고 한다. 특히 베를린은 오래된 건물과 현대건축이 조화를 이뤄 과거와 현재가 잘 어우러진 것 같았다. 2차대전 때 폭격으로 부서진 의사당 건물을 유리로 덮어 고친 건물은 그중에서도 대표적인 곳이다. 베를린에 머물 때 잠깐 놀러 갔던 유명한 오페라하우스가 있는 드레스덴은 완전히 폐허가 됐던 곳을 그대로 되살려 놓은 도시라고 해서 놀라웠다.

　런던은 도시 중심에 공원도 많았고 미사일이 하늘로 날아가기 전 기지에 세워둔 모습의 커다란 건물을 시내 한복판에 지어 도시의 상징물로 만든 것이 인상적이었다. 오래된 건물이 잘 보존된 유럽을 보면서 우리나라와는 대조되는 부분이 많은 듯싶었다. 우리나라는 20세기에 접어들어 일제강점기와 한국전쟁으로 나무가 주재료였던 옛 건물이 다 부서지고 예술품들은 외국에 도난당하고 사라지게 되어 화가 날 때가 많았다. 가끔 엄마, 아버지의 전시가 있어 인사동이나 삼청동에 나가면 한옥을 고쳐서 카페나 식당을 하는 것을 볼 수 있지만, 전쟁 후 가난에 찌들던 우리나라를 바꾸기 위해 이미 많은 도시의 허름한 옛집들을 부수고 고층빌딩들을 지었다는 것을 알고 있다. 지금은 경주나 제주도 같이 몇몇 지역만 관광업이 위주고 우리나라는 서비스업과 상업으로 수입을 얻는 나라라고 생각한다.

　내가 여행에서 만난 많은 외국인들은 짧은 시간에 선진국으로 들어선 대한민국의 서울을 새로운 신도시(modern city)로 알고 있었고 삼성이나 현대 같은 대기업들도 알고 있었다. 우리나라의 사회가 관광으로 유지되는 국가들보다 미래가 기대는 되지만 유럽을 여행하다 보니 그들의 문화인식이 부러우면서 우리나라에 아름다운 과거 유물과 유적이 부족하다는 것이 너무 안타까웠다. 나도 세계적으로 사랑받을 수 있는 예술을 만들어서 시대를 이끄는 예술가가 되었으면 한다. 예술가 아버지는 한국에도 많은 예술가가 활동하고 사람들이 문화에 대해 깨어나고 있지만, 아직도 부족하다고 하셨다. 우리나라가 소중한 과거의 문화를 복원시키는 것도 중요하지만, 앞으로 세계미술에 한 획을 그을 수 있는 거장이 나올 수 있도록 많은 도시가 문화적으로 변화되었으면 좋겠다.

바티칸성당과 박물관

　로마를 보면 유럽의 모든 것을 볼 수 있다고 들었는데 그동안의 여행에 지쳐서 정작 로마에서는 집안에서만 쉬고 있었다. 이번에 빌린 집은 로마 외곽이었고 시내로는 외국 번호판의 차가 들어가면 불법이기에 매번 관광하려면 기차를 타고 시내역으로 가서 다시 트램을 갈아타야만 했다. 번거로운 만큼 한번 시내로 들어가면 열심히 움직였고 그중 바티칸이 가장 마음에 들었다. 바티칸은 세계사에서 큰 비중을 차지하는 가톨릭의 중심지로 알고 있었지만, 실제의 모습을 교과서에서 본 적이 없어 처음으로 그 형태를 보게 되었다.

　시즌이 아닌데도 광장에는 사람들로 북적거렸다. 바티칸은 한 국가임에도 이탈리아와 경계선을 갖고 있지 않았다. 성베드로대성당은 하얗고 명성만큼이나 규모가 컸다. 미켈란젤로가 디자인한 피에로 같은 복장의 스위스 용병들이 지키고 있었는데 멋있는 척 하려고 행동도 과장되게 하는 것 같아 웃음이 났다. 지금까지 본 다른 지역의 성당들은 대부분 너무 강하게 꾸며 사치스러운 느낌도 있었고 어떤 성당들은 아무것도 없어 횅한 곳도 있었는데 바티칸의 내부는 압도적인 분위기가 강하게 느껴졌다. 사람이 집중해서 보지 않으면 지나칠 부분조차도 하나하나 정성스럽게 모양을 냈고 거대한 실내 안을 정교하게 꾸몄다. 언뜻 보면 사치스러울 법도 한데 모두 스며들듯 조화를 이루어 탄탄해 보였다. 마침 일요일이라 특별한 사람만이 홀로 들어가 미사를 드릴 수 있어 우리는 저 멀리 늙으신 신부님을 보며 들려오는 찬송가를 들을 수 있었다. 이런 성당의 교황은 과거에서부터 얼마나 권력의 힘이 셌을지 짐작이 갔다. 유럽의 왕들이 이곳에 와 고개를 조아리고 교황에게 임명되었을 것을 상상하니 이탈리아 안의 작은 국가이지만 감히 바티칸을 점령하겠다는 생각은 안 해 보았을 것 같았다.

며칠 후 다시 바티칸 성당의 뒤쪽에 있는 시스티나 성당과 박물관에 갔다. 며칠 사이에 성수기가 되어 비가 오는 바깥에서 한 시간 동안 줄을 서야만 했다. 한국 관광객들도 많았지만, 일본인들이 꽤 많아 유명한 조각상은 뒤꿈치를 들고 뒤에서 슬쩍 볼 수 있기만 했다. 그리스 로마 신화에서 트로이 목마를 트로이로 들여오는 것을 반대한 라오콘이 물뱀에게 두 아들과 함께 질식당해 죽는 순간을 표현한 너무 유명한 조각상, 수학 문제지나 수학 관련 서적의 대표인 피타고라스의 학전 벽화가 있는 라파엘로의 방이 있었다. 그림이 너무 많아 라파엘로의 방인 줄 모르고 지나쳤다가 순간 피타고라스의 학전그림을 자세히 보기 위해 사람들을 가르고 다시 돌아갔다. 생각보다 완성도가 떨어지고 다른 벽화에 비해 잘 그려진 것은 아니었지만 담겨진 이야깃거리가 풍부하다는 것이 느껴졌다. 역시 라파엘로가 왜 르네상스 시대의 거장에 속하는지 알 것 같았다.

박물관 끝에 바티칸 성당과는 다른 작은 성당에서 생각지 못한 벽화를 보게 되었다. 바로 그 유명한 시스티나 성당의 벽화다. 목욕탕 간판으로도 많고 광고 패러디로도 많이 사용되어서 ET가 손가락을 대는 모습을 상상하면 모르는 사람이 없는 명화 미켈란젤로의 '천지창조'가 천정의 한가운데 있었다. 목이 부러질 정도로 뒤로 제치고 눈을 부릅뜨고 봐야할 만큼 높아서 미켈란젤로가 이 그림을 그리다가 목 디스크에 걸렸다는 말이 실감이 났다.

어렸을 때부터 천지창조에 대해 웅장하고 세련된 명화라는 환상을 갖고 있었는데 높고 그림이 작은데다가 복원이 잘못되었는지 색이 부자연스러워 조금은 아쉬웠다. 그래도 르네상스 3대 거장을 볼 수 있어 꿈이 예술가인 나는 만족스러웠다. 유럽에 오기 전에 역사 공부를 열심히 해서 부모님께 내용을 줄줄이 얘기해 드렸다면 더 재미있었을

텐데 아쉽기만 했다. 만약 다시 유럽을 여행하게 된다면 역사 공부를 더 깊이 하고 와야겠다고 마음먹었다. 또한 사람마다 좋아하는 성당이 있겠지만 가장 기품 있고 웅장해서 사람들이 신을 믿을 수밖에 없게 만드는 성당은 바티칸에 있다고 생각했다.

산 위의 성 오르비에또

우리는 집을 빌릴 때마다 그곳을 떠나기 전에 집주인 가족과 자기 나라의 음식을 만들어 작은 송별파티를 하며 다녔다. 로마에서는 마시멜로 아저씨네와 마지막 만찬을 하게 되었다. 아저씨의 이탈리아 말밖에 못 하는 어린 두 딸과 최선을 다해 놀아 주다가 지쳐 잠시 콜라를 마실 때 아저씨는 로마 근처에 있는 금의 성당이 있는 오르비에또를 가 보라고 했다. 금의 성당이라니, 이름만 들어도 페루의 황금도시처럼 오~~ 하고 나만의 건물을 상상하게 되었다. 피렌체와 피사를 거쳐 베네치아를 가는 것이 원래 계획이었지만 그 전에 오르비에또에서 하룻밤 자고 가기로 했다. 역시 여행은 어찌 될지 모르는 것이다.

떠나는 날 마시멜로 아저씨가 눈시울을 붉히고 우리 차가 사라질 때까지 서 있던 아쉬운 로마를 뒤로 하고 새로운 목적지인 오르비에또를 향해 아버지는 신나게 운전을 하셨다. 독일, 오스트리아,

크로아티아 등 우리가 머물던 집을 떠날 때는 언제나 만났던 사람들이 모두 눈물을 글썽이며 우리를 보내 주어 이제는 서운해 하는 게 마음이 짠하면서도 '이만큼 친해졌구나' 하고 기쁘기도 했다.

　로마를 떠나 세 시간 정도를 달리다 멈춘 곳은 건너편 산이 올려다보이는 국도였다. 그 산꼭대기에는 노을을 받지 않았음에도 짙은 노랑과 연갈색으로 이루어진 커다란 성이 있었다. 가파른 절벽에 위치하고 보기만 해도 규모가 상당히 커서 나름 중요한 성이었을 듯했다. 건물 중에서 가장 높이 솟아 올라와 있는 것은 성당의 십자가였다. 우리나라처럼 붉은색을 띠지 않고 비행기 착륙할 때도 그 높은 곳에서 보일 만큼 빛나는 십자가도 아닌 작은 철봉 피뢰침처럼 보였다.

　오르비에또의 성당을 찾아가는 길은 험난했다. 나와 엄마는 차 안에서 밖을 구경하느라 느긋했지만, 열심히 운전하고 차에서 내려 사람들에게 길을 물어보고 이리저리 뛰어다니던 아버지가 가로막 체인을 밟아 넘어지는 바람에 무릎과 손을 다쳐서 오셨다. 아버지의 이런 노력 끝에 우리는 십자가가 높게 솟아 있는 매우 거대한 성당에 도착했다. 마시멜로 아저씨가 말한 대로 금색이 주가 되는 회화 작품 같은 모자이크 형식으로 앞면이 화려하게 장식되어 있었다. 어느 곳이나 성경의 역사를 스토리텔링으로 조각해서 표현했었지만 그 중 오르비에또 성당은 다른 성당과 다르게 앞면에 이야기를 하나하나 보이게 한 것이다. 그러면서도 전체적으로 서로 어울려 조화의 미를 이루었다. 또한, 특이하게도 외부 기둥과 옆면에 검정대리석과 흰색대리석으로 무늬를 내어 얼룩말을 연상시켰다. 이렇게 패턴이 있는 성당

오르비에또의 줄무늬가 있는 황금색 성당

은 처음 본 것 같았고 다른 성당에 비해 줄무늬 때문인지 현대적이기도 하고 아름다웠다. 성당 겉보다 내부는 생각보다 수수하고 꾸밈없이 만들어 놓았다. 이곳은 내부 촬영금지로 카메라 소리가 안 나 엄숙한 기분이 들었다.

성당이 아주 마음에 들어 근처에 숙소를 잡고 밤에 다시 오기로 했다. 중앙 광장 카페와 좁은 골목에는 비가 부슬부슬 내림에도 사람들이 북적북적했다. 우리는 숙소를 찾으러 다니다가 광장 뒤편에 있는 건물이 호텔인 줄 알고 들어갔는데 폐쇄 병동이었다. 혼자 영화 속에 들어왔다는 상상을 하며 공포영화처럼 불안정한 모습을 하며 돌아다녔다. 다시 찾은 거대한 호텔에는 대낮인데 아무도 없어 으스스한 것이 이상했다. 과거에 이 성안에 귀신설 같은 것이 돌았다고 누군가 말해 준다면 믿을 수밖에 없었을 정도였다.

해질녘에 성곽에서 멀리 밖을 내려다보니 들과 마을이 어우러진 아담하고 정겨운 풍경이 펼쳐져 있었고 이날 우리는 오르비에또 근처의 이름 모를 호숫가 옆 캠핑장에서 야영을 했다.

아름다운 물의 도시 베니스

오르비에또를 떠나 우리는 차를 달려 피사의 사탑이 있는 이탈리아 서쪽 피사로 갔다. 피사로 가는 길에 길 양옆으로 서 있는 소나무 가로수는 하늘과 어우러져 거대한 설치미술을 보는 것 같았다. 피사의 사탑을 보고 우리 가족은 '냉정과 열정 사이'의 영화 배경이 된 도시 피렌체에서 하룻밤 야영을 하고 다음 날 두오모 성당과 피렌체 시내 구경을 했다. 마침 시내에서 축제와 마라톤 대회가 열려 거리는 사람들로 넘쳐났고 흥미로운 볼거리가 많았다. 하지만 베니스 캠핑장에 예약을 해 둬서 아버지는 서둘러 베니스로 떠났다.

베니스 시내 안으로 자동차를 가져갈 수가 없었기 때문에 우리는 베니스에서 가까운 육지의 캠핑장에서 머물렀다. 큰 나무가 많고 널찍한 캠핑장의 잔디밭엔 대학 4학년이면 의무적으로 세계여행을 떠나

곤돌라가 떠다니는 물 위의 도시 베니스

해질녘 베니스 인상

세계의 건축을 공부하러 다닌다는 우루과이 대학생들로 꽉 차있었다. 밤에는 늦게까지 떠들고 음악을 듣고 술을 마시다가도 아침이 되면 어디로 사라졌는지 다들 보이지 않았다. 베니스에 도착하자 어렸을 적 읽었던 '피 한 방울 없이 살을 베어라.'라는 이야기가 있는 셰익스피어의 '베니스의 상인'과 많은 영화의 배경이 된 곳에 왔다는 사실에 첫날밤부터 기대에 부풀었다.

베니스는 노르망디의 옹플레어와 흡사했다. 높진 않지만, 옹기종기 붙어 있는 집들과 여러 성당은 유럽의 옛 느낌을 살려 주었다. 지도를 보면 베니스 본섬은 물고기가 입을 벌린 모양을 하고 있는데 이곳은 갯벌과 모래 위에 기둥을 박고 흙을 쌓아 만든 인공 섬이기 때문이라고 했다. 나무로 기둥을 세웠다는데 수백 년 동안 썩지 않고 버티고 있는 것이 신기하기만 했다. 백 개가 넘는 크고 작은 섬으로 인해 차도가 있어야 할 곳엔 바닷물이 흘렀다. 사람들은 마을버스 타듯 수상버스를 타고 바다 위를 돌아다녔고 검정 곤돌라와 줄무늬 옷을 입은 뱃사공들은 도시를 더욱 옛날의 모습으로 머물도록 만들었다. 도시의 골목골목은 비슷한 모습이라 길을 잃기 쉬웠고 같은 길을 걷다 보면 늘 베니스의 수상길 풍경을 그리고 있는 배불뚝이 아저씨를 만나게 되었다. 관광객을 상대하는 상점과 레스토랑, 랜드마크인 다양한 광장과 성당만이 남은 관광 도시라고만 생각했는데 베니스에는 대학과 책을 든 대학생들이 있었고 길 잃고 들어간 골목엔 큰 보육원도 있었다. 여기도 사람들이 살고 있고 그들의 거주에 필요한 건물들이 있다는 것이 놀라웠다. 우리 가족은 베니스에서만 일주일을 머물면서 페기 구겐하임, 다빈치 박물관, 산마르코 성당 등의 미술관과 박물관을 다 둘러보고 산마르코 광장에선 저녁마다 성악과 작은 공연들을 즐겼다. 사람들이 꼭 가 보라고 추천한 무라노와 부라노 섬은 사람들의 말만큼 화려한 색으로 빛나 보이진 않았다. 하지만 부라노 섬의 곧 넘어질 것처럼 기울어져 보이는 산마르티노 성당에서 저녁 예배를 드리는 할머니, 할아버지들의 모습과 예배가 끝나자 호프집으로 모이는 할아버지들의 모습에서 돈이 넘쳐나는 관광도시의 이면에 따뜻한 주민들의 삶을 본 것 같아 좋았다.

베니스의 하루를 마치고 캠핑장으로 돌아가는 버스에서의 저녁노을은 늘 주황빛이었다. 높은 빌딩이나 산이 없어서 하늘은 끝없이 광활했고 구름마저 베니스에서처럼 멈춰 있었다. 6세기부터 1500년 가까이 되는 세월 동안 끊임없는 보수와 재건을 통해서 과거의 모습으로 머물러 있지만, 물의 도시, 아름다운 베니스에 지내면서 로마에서 생각했던 발전에 대한 관점이 많이 달라졌다. '냉정과 열정 사이' 영화의 남자 주인공의 말처럼 발전과 새것만이 전부가 아닌 옛것을 간직하는 아름다움도 다시 생각하게 되었다.

베르동 협곡

- 다시 프랑스를 지나며 -

기암절벽이 있는 베르동 협곡의 입구

화창한 봄날에 출발한 여행이었는데 벌써 잎이 떨어지는 가을이 왔다. 우리가 이동할 때마다 계절이 다른 것으로 보면 우리가 시간을 타고 다니는 것 같았다.

이탈리아를 떠나 스페인으로 가는 길에 프랑스 남부에 있는 베르동 협곡에서 캠핑하게 되었다. 산속이라 침낭과 여러 겹의 이불을 덮어도 추워서 사춘기 따위 신경 쓸 겨를 없이 부모님께 달라붙어 밤을 보냈다. 아침에 일어나 바람을 쐬러 텐트 문을 열면 시원한 바람과 함께 낙엽도 맞을 수 있었다. 지난 4월 3일 파리로 들어오는 비행기 창문을 통해서 작은 마을들과 넓은 밭, 끝없는 초원만을 보았고 노르망디 여행 때도 산이라 부를 수 있는 언덕을 볼 수 없었던 나는 프랑스는 산이 없는 나라라고 생각했었다. 그런데 산이 없는 것이 아니라 이곳 남프랑스에는 강원도의 산맥이 울고 갈 만큼 아름다운 알프스 산맥의 남쪽 끝자락이 펼쳐져 있었다. 거대한 바위가 산을 이루고 초록, 노랑, 빨강, 갈색의 나무들이 산을 뒤덮고 그 밑으로 거센 협곡이 흘렀다. 정오쯤 해가 쨍쨍할 때 드라이브를 나가면 밝은 톤의 산과 반짝이는 협곡이 보이고 눈앞을 조금 가리는 소나무와 활엽수들이 어우러져 지상낙원처럼 여겨졌다.

돌과 작은 나무가 엉켜 있는 베르동

마치 시골 할머니댁이 있는 마을회관에 걸린 달력 사진에 들어온 것만 같았다. 산들의 모양이 모두 특이했는데 정육면체 큐브 같거나 행성에 맞아 거대한 바위가 겹으로 휘어 버린 것만 같은 형상들이 아름답고 신기해 자동차를 여러 번 세우고 많은 스케치를 했다. 부모님이 스케치를 하니까 어쩔 수 없이 나도 그릴 때가 있었는데 여기서는 빨리 그리고 싶다는 생각이 들었다. 그래서 좋은 자리를 찾기 위해 평소에 무서워하던 높은 절벽 위의 바위틈을 뛰어 이동하며 한편으로는 부모님에게 아들이 제법 용감해졌다는 것을 뽐냈다. 노을이 질 때면 바위산들이 약간 붉어져 오고 하늘이 너무나 강렬하게 변했다. 모네 그림에 나오는 그림들처럼 햇빛을 받은 방향으로 용광로의 뜨거운 색을 띠었고 하늘 자체도 지평선 너머까지 붉어 몸도 따뜻해지는 느낌이 들었다. 차에서 노을을 보며 'One Republic'의 'Secret'을 들으니 온몸의 털이 서는 듯한 전율이 돋았다. 이 베르동 협곡은 유럽 사람들에게 꽤 유명해서 누구나 알고 있었고 휴가 때마다 찾아오는 부부도 있었다. 왠지 이곳은 여유롭고 휴식하기 좋은 느낌이 들어 나와 기운이 맞는 것 같아 앞으로 기회가 되면 자주 찾아오고 싶은 마음이 들었다.

스페인
포르투갈

누드비치

스페인 발렌시아를 떠나면서 다음 여행지의 머무를 만한 캠핑장 정보를 찾고 있었다. 그런데 캠핑장 자료 사진에 발가벗고 테니스 하는 여인의 뒷모습과 알몸으로 수영하는 또 다른 여인의 모습이 나와 있었다. 아무리 생각해도 친구들이 유럽 가면 꼭 가서 사진 한 장만 찍어오라던 누드비치인 것 같았다. 내비게이션에 주소를 치고 차로 이동하면서 나는 계속해서 아까 본 사진이 생각났다.

애들끼리 모이기만 하면 온갖 이야기가 난무할 만큼 가장 성에 대한

언젠가 다시 가고 싶은 누드비치

꿈꾸는
나무

호기심이 왕성한 나이가 중·고등학생 때이다. 나름 이팔청춘인데 나 또한 다르지 않아 누드비치에 대한 기대가 컸다. 도착해 보니 텐트 하루 치는 값이 너무 비싸 머물지 못했지만, 아버지의 입담으로 직원 누나가 30분 만 안을 둘러보라고 시간을 주었다. 당연하게도 사진을 찍는 것은 금지이기에 눈을 부릅뜨고 사방에 집중하여 사람을 찾으며 해변까지 들어갔다.

도착했을 무렵 비가 부슬부슬 오는 저녁이 되어가서 그런지 아무도 보이지 않고 있었다. 우리 가족 모두 너무 긴장돼서 급히 화장실로 들어갔는데 떡하니 알몸의 할아버지가 설거지를 하고 계셨다. 나는 놀라고 민망해서 볼일을 마치고 바닥만 보며 나왔는데 부모님은 놀란 눈으로 쳐다보아 할아버지가 매우 쑥스러웠을 것 같았다. 밖으로 나와서 서성거릴 때 안이 훤하게 보이는 커다란 창문으로 뚱뚱해 살이 여러 겹으로 접힌 할머니가 발가벗고 식사준비를 하고 계셨다. 누드비치 규칙상 그 공간 안에는 무조건 옷을 벗어 중요 신체 부위를 꺼내 놓는 것인데 집안도 예외가 아니었나 보다.

그래도 이건 내가 상상하고 바라던 상황이 아니었다. 길거리에는 셔츠만 입은 할아버지들이 목욕탕에서만 볼 수 있는 모습으로 산책하고 있어서 엄마는 계속 눈을 가리고 있었다. 이번 여행에서 단 한 번뿐인 경험이었는데 휴가철이 아니어서 일이 없으신 어르신들만 있었는지 기대했던 예쁜 누나들을 못 봐 안타까웠지만 대신 캠핑장에서 받은 리플렛을 보며 만족했다.

친구들이 여행 떠나기 전에 누드비치 이야기를 많이 해서 친구들의 기대에 부응하기 위해 어쩔 수 없이 늘씬한 유럽 미인 누나들을 보았다고 몇몇 친구들에게 거짓말을 하게 되었다. 채팅창에 뜨는 친구들의 글 하나하나가 부러움이 느껴지는 문장들이었는데 여행이 끝날 무렵 학교 전체에 내가 누드비치 갔다는 이야기가 퍼져 있었다.

유럽에 정말로 누드비치가 있다더니 예상치 못했지만 와 보게 되어서 기억에 많이 남을 것이다. 휴가철일 때는 남자들의 로망일 텐데 일반적으로 단체 여행을 하면 평생 못 볼 광경이어서 개인적으로 온다면 뜻밖의 체험도 할 수 있을 듯하다. 지금이 사춘기라 더 흥미롭고 더 두근거릴 수 있지만, 어른이 되면 친구들과 함께 차를 타고 이 스페인 남부의 누드비치로 놀러와야겠다.

신혼여행 온 경태 삼촌과의 만남-그라나다

　10월 20일 누드비치가 있던 스페인 남동쪽 끝 카테제나에서 아버지의 친한 후배 경태 삼촌의 신혼여행 소식을 들었다. 삼촌이 우리의 다음 이동 장소인 그라나다에서 하루를 머물 일정이라고 해서 우리는 반가운 마음으로 그라나다로 가기로 했다.

　아버지가 멋진 풍경을 보고도 차를 세우지도 않고 스케치도 안 하고 꼬박 7시간을 달려 그라나다에 도착해 경태 삼촌과 주희 이모를 만날 수 있었다. 아버지는 동네 가게에 들어가 근처에서 가장 맛있는 집을 추천받아 그 집을 찾아 들어갔다. 오래된 가구로 인테리어가 되어있는 식당에서 러시아인 여종업원이 발랄하게 맞이하였고 우리는 이야기꽃을 피우고 맛있게 식사를 했다. 여행을 하는 도중에 한국에서 온 삼촌 부부를 만나니 우리 가족은 더 신이 나서 즐겁게 시간을 보냈다. 키가 큰 여종업원은 많이 과하다 싶을 정도로 친절을 베풀고 공짜로 안주와 와인도 더 주었다.

늦은 시간이었지만 헤어지기 아쉬워 시내를 걸어 다녔는데 우리 옆에 갑자기 시끄러운 리무진이 섰다. 차 문을 열어젖히고 음악의 볼륨을 최대한 키운 채로 토끼 귀 머리띠를 한 누나가 우리를 보고 소리치며 옆에 비키니만 입은 누나의 엉덩이를 창밖으로 내놓고 찰싹찰싹 때리는 이벤트를 해서 길 가던 사람들이 다 즐거워했다. 나는 너무 쑥스러워서 잘 쳐다보지도 못했는데 이것이 정열의 나라 스페인 사람들의 흥겨운 모습이라는 생각이 들었다.

경태 삼촌과 헤어지고 이제 산속으로 들어가면 도시로 나오기 힘들거라고 아버지가 ATM기에서 현금을 인출하셨다. 그리고 우린 그라나다 시내에서 한 시간 반이 떨어진 시에라네바다 깊은 산속 마을 팜파네라 산장으로 찾아갔다. 산장의 주인아저씨는 집을 예약할 때의

그라나다 알함브라 궁전의 정원

약속과 달리 케이블이 끊겨 인터넷이 고장 났다고 했지만, 아버지는 가끔 바깥세상과 연결되지 않아도 상관없다며 하얀 건물이 옹기종기 모여 있는 산속 마을로 산책을 가거나 스케치를 하러 다녔다. 그라나다에서 삼촌 부부와 즐거운 시간을 보내서 그런지 한국에 돌아와서도 삼촌 부부를 만나면 반가웠다. 우리는 삼촌의 추천으로 알함블라 궁전을 보러 다음 날 그라나다를 다녀왔다. 그러는 동안 주유소와 식당에서 체크카드 한도 초과 에러가 몇 번 났지만, 여행 나와서 카드가 중간중간 안 될 때가 있었기 때문에 이상하다고 생각하면서도 또 그러나 보다 했다. 결국 그것은 나중에 큰 사고가 나는 징조였다.

스페인 안달루시아 깊은 산속 생활

–플라맹고 기타리스트 지기 선생님

플라맹고 기타리스트 지기 선생님과의 추억

10월 20일

  스페인 남부 안달루시아의 그라나다에서도 깊고 깊은 네바다 산속으로 들어가 머물게 되었다. 정확한 주소조차도 없는 집이라 우리나라 시골에서 길 물어보듯 "쭉 가서 오른쪽에서 꺾고 거기서 만나는 산을 등지고 왼쪽으로 가면 돼" 하는 방법으로 찾아야만 해서 가는 길이 매우 힘들었다. 결국, 집 주인 할아버지가 차로 우리를 마중 나오시고서야 집을 찾아갈 수 있었다.

  음악가인 주인 할아버지가 직접 디자인한 집은 차를 산길에 대놓고 짐을 들고 내려가야 하는 산비탈에 있었다. 안개가 끼고 멀리 산이 듬성듬성 서 있는 것이 마치 녹색으로 그린 옛 동양화 같았다. 염소 목장이 근처에 있어서 염소 울음소리가 크게 들렸고 집으로 들어서자 늑대만 한 개가 집에서 뛰어나와 기겁을 했다.

10월 22일

  집주인 지기 할아버지와 가브리엘라 아줌마와 함께 저 멀리 모나코로 지는 해를 바라볼 수 있는 팜파넬라에 있는 식당에서 저녁 식사를 했다. 식사를 마치고 집으로 돌아와 커다란 벽난로 앞에서 선생님은 직접 오리지널 플라맹고 기타 연주를 3시간 동안 연주해 주셨다. 내

스페인의 한가로운 시골 풍경

가 귀가 나빠서 그런지 고음을 듣는 것을 힘들어하는데 플라맹고 기
타의 소리는 크고 빠른 리듬을 타서 처음에는 적응을 못 했다. 시간이
조금 지나자 리듬감이 좋은 아름다운 연주가 들려서 좋았다. 할아버
지는 자신의 이야기를 기타연주로 작곡하여 들려주셨는데 노랫말이
아닌 악기연주에 이야기를 담아 표현한다는 것이 무척 놀라웠다. 그
림이나 글처럼 보는 사람이 머릿속으로 생각할 수도 없고 오직 상상
으로 작곡가의 이야기를 들어야 한다는 점이 낯설어 보이면서 신선했
다. 그림처럼 이미 보이는 이미지를 포함해서 상상하는 것보다 음악
은 듣는 사람에 따라서 내용이 더 폭넓게 달라질 수 있다는 것이 특징
이 되지 않을까 생각도 해 보았다.

 발리 댄스 강사였던 아줌마는 즉석에서 춤을 보여 주셨다. 매일 듣는

기타 연습 소리에 지겹다는 아줌마도 춤을 추실 때는 다시 새롭게 들리나 보다. 한때 홍대 앞 락카페를 주름잡던 아버지도 같이 신나게 춤을 추셨다. 나도 내 친구들하고 있었다면 가장 먼저 춤을 췄을 텐데 몸이 근질근질했다. 할아버지는 농담으로 내게 아침 7시에 기타수업을 하자고 하시며 새벽 4시에 댁으로 돌아가셨다. 진짜로 가야할지 고민되었지만 결국 알람을 맞추었다.

10월 23일

 안개가 많이 끼는 지역이라 그런지 추워서 옷을 4겹 입고 아침 7시에 할아버지 댁으로 찾아갔다. 예상대로 초인종을 눌러도 대답이 없었지만 문 앞에 내가 생각해도 감동적이게 기타를 배우고 싶다는 영어 편지를 두고 집에 돌아왔다. 아침 먹을 때쯤 찾아온 지기 선생님이 기뻐하시면서 낮부터 수업하자고 하셨다. 엄마의 권유로 우리 아침 식사에 있던 김치를 드셨는데 취향에 맞는 듯 맛있어 하셨다.

 한국에서 친구 명근이에게 놀러갔을 때 기타 천재 같은 명근이가 하던 것처럼 멋지게 기타를 쳐 보고 싶었지만 몇 분만 해도 힘들었다. 왼손이랑 오른손이 다르게 움직인다는 것 자체가 패닉을 안겨 주었다. 나는 정말 운이 좋게도 60년 동안 플라맹고 기타를 치시고 유명하신 선생님께 배우게 됐고 결국 내가 너무너무 싫어하던 악기 연주에 발을 내딛게 된 것이었다.

안달루시아 산속 마을 Hotel이 있는 풍경

10월 24일

　어제부터 시작된 기타 수업은 매일 하기로 했다. 집에 가서도 피나는 연습을 하라고 선생님은 47년 전에 장인이 제작한 기타를 빌려주셨다. 몇 년 전에 사셨는데 당시 가격이 4000유로(약 6백만원)이었다고 한다. 한국의 기타를 잘 치는 내 친구들보다 초심자인 내가 비싼 기타로 연습하니 바로 실력이 친구들을 뛰어넘을 것만 같은 기분이었다. 확실히 몇 시간 동안 줄을 세게 잡고 있어도 안 아픈 점이 매우 다른 것 같았다.

　지기 선생님은 나보고 기타에 재능이 많다고 하셨다. 선생님은 예전에 학교 선생님도 하셨고 지금까지 많은 제자를 가르치셨는데 3일 만의 성과로는 내가 최고라고 하셨다. 한국인은 쇠젓가락을 쓸 만큼 손재주가 좋다는 것을 선생님은 모르시겠지만, 굳이 언급하진 않았다.

10월 25일

　기타를 가르쳐 주시는 것에 대한 감사의 표시로 두 분을 초대해서 우리 집에서 여러 번 한국식 점심이나 저녁 식사를 같이 했다. 잡채, 김밥, 초밥, 김치, 잔치국수 등 엄마가 맛있게 만들긴 했지만 가리지 않고 무엇이든지 맛있게 드셨고 항상 재미있고 유머가 넘쳐 같이 있는 내내 웃게 해 주셨다. 오늘은 선생님의 우상 '기타리스트 신 파코'의 CD를 빌려주셨다. 1번 곡이 마음에 들었다. 많이 들어야겠다.

10월 26일

 여기 산에서 조금 더 올라가면 달라이 라마가 두 번 찾아온 적이 있는 작은 사원이 있다. 산 위로 1시간을 올라가면 라마승 조각과 아담한 동양풍 인공호수가 있어 조금이나마 스페인에서 티베트를 느껴 보려 노력했다. 저녁에 내가 기타 연습을 열심히 안 한다는 것을 아버지가 선생님께 얘기하셨다. 나는 몹시 창피했다. 저녁 시간에 아버지와 나 사이엔 정적이 흘렀다.

10월 27일

 일주일에 한 번씩 수업을 받아야 하는데 나는 일주일 동안 매일 2시간씩 수업을 받았다. 수업비도 안 내면서도 개인 지도인 특별 수업을 받는 것이라 행복했다. 내게 재능이 있어 연주할 수 있다고 독려하시며 원래 정상 코스라면 20주 동안 수업을 받았을 때 할 수 있는 악보를 주시고 연습하라고 하셨다. 나는 전에 피아노, 해금, 가야금, 소금 등 기본적인 악기부터 국악까지 많은 악기를 시도해 봤지만 너무 못해서 다 그만두었다. 입을 사용하는 악기는 숨이 모자라고 손을 쓰는 악기는 두 손이 같이 움직여서 잘 안 되었다. 예체능은 한 분야가 뛰어나면 다른 유사한 분야도 쉽게 잘 할 수 있다고 들었는데 음악은 너무 고통스러웠다. 하지만 지기 선생님은 음악은 10% 정도가 재능이라고 하셨다. 내가 전에 못했던 건 연습을 하지 않아서라고 하셨다. 그 말을 듣고 다시 생각해 보니 나는 연습을 안 하고 살았던 것 같다. 남들보다 노력은 몇 배로 적게 하면서 바로 잘 하기를 기대하고 또 연습을 안 해 못하는 것이 당연한데 내가 재능이 없다고 스스로 좌절했던 것 같다. 어쨌건 선생님이 내게 12%의 재능이 있으니 열심히 연습하라고 하셨다.

10월 28일

비가 자주 와 화창한 날에는 꼭 밖에 나가 스케치를 했다. 오늘은 피카소가 태어난 바닷가 마을 말라가로 스케치를 다녀오는 길에 큰 상점에서 선생님과 이별의 파티를 하기 위해 장을 봤다. 오랜만에 여러 가지 해물을 사서 돌아왔다.

어제는 지기 선생님이 저녁을 만드셨다. 와인 소스를 끓여 치킨을 넣

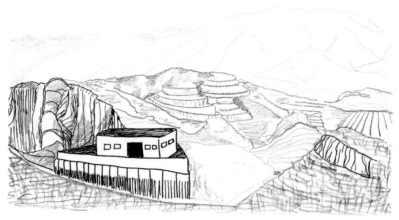

말라가 가는 길

어 만든 수프와 옆집 바이올리니스트인 제라미 형이 만든 티라미슈를 먹었다. 선생님이 급작스럽게 내일 떠나신다고 해서 당황했다. 아마 비포장에 다닐 수 있는 차가 고장 나서 다시 사기 위해 파리에 사는 여동생에게 도움을 받으러 가시는 듯했다.

10월 29일

　오늘 오전에 마지막 수업을 받았다. 선생님이 떠나시기 전 같이 선생님의 작업실에서 작은 연주를 했다. 관객은 엄마, 아버지, 가브리엘라 아줌마였다. 내가 너무 많이 틀려 손에 땀이 났지만 그래도 최선을 다했다. 연습을 더 많이 할 것을 후회됐다. 멋있게 연주를 다 마치고 선

생님과 슬픈 이별을 했다. 나중에 알았는데 아버지가 차 사실 때 도움이 되시라고 얼마의 돈을 드렸다고 한다. 선생님이 사양하셨지만, 꼭 드리고 싶으셨다고 했다. 우리가 먼저 떠나야 선생님과 아줌마가 더 슬펐을 텐데 선생님이 먼저 가 버리시니까 떠나는 것에 익숙했던 우리 가족은 남는 자의 기분을 알게 되었다. 우리는 지기 선생님이 안 계신 산장에서 며칠을 더 묵고 11월 초 세비야로 떠났다.

나중에 그라나다를 떠나와 회상에 잠겼을 때 깨달았다. 그라나다는 히피가 많기로 유명한데 지기 선생님은 음악가면서도 히피였던 것이

산장에서 바라본 앞산

었다. 옆집에 살던 제라미형, 우리 짐을 실어다 준 독일 형도 근처 농장에서 농사일을 도우며 돈을 받지 않고 재워 주고 먹여만 주면 자신이 좋아하는 바이올린을 켜는 것을 보아 히피였음이 분명했다. 히피는 우리와 동떨어져 보이고 다른 세계관을 갖고 있을 것으로 생각했었는데 나를 손자처럼 생각해 준 지기 선생님과 애정이 넘치는 가브리엘라 아주머니와 형들을 대해 보고 히피에 대한 거리감이 사라졌다. 언젠가 다시 만나고 싶은데 몸이 별로 건강하시지 않은 지기 선생님이 내가 더 커서 찾아갔을 때 만날 수 있을지 걱정되었다.

케익 할아버지께

　엄마 몰래 마트에 가서 장난감 로봇을 사 주시던 게 엊그제 같은데 벌써 저도 로봇을 동생들에게 물려줄 나이가 되었네요. 한번은 할아버지랑 개봉동 뒷골목에서 공놀이를 했는데 할아버지가 다 이겨서 제가 삐치고 집 문을 잠궈서 못 들어오시게 한 적도 있었어요. 할아버지는 미국에서 같이 곰을 보았던 일, 해변에서 두꺼비놀이 하던 것과 플라스틱 그릇으로 물 뿌리고 놀았던 일을 기억하세요? 저는 어렴풋이나마 기억이 나요.

한문이랑 중국어를 배우기 시작했던 건 제가 초등학교 4학년 때부터였던 것 같아요. 같이 배우던 명근이는 지금도 중국어 공부를 하고 있다고 하네요. 중학교 입학 때부터 들은 한국전쟁 이야기, 할아버지의 아버지와 할아버지의 탈출 이야기, 홍콩에서 할아버지가 사업할 때 이백의 시를 읊으신 것, 어렸을 적 한문을 삽에다 적어 공부하셨던 것도 새록새록 떠올라요. 할아버지의 이야기는 마치 영화가 돌아가듯 들려와 저는 곧잘 상상에 빠질 수 있었어요. 수업 뒤 언제나 중국집에서 따뜻한 짜장면을 시켜 먹었지요.

이제는 중학교 때 할아버지한테 배운 역사에 힘입어 역사 성적은 전교 3위 안에 들어요. 할아버지와 경주 여행을 가서 본 황룡사 9층 목탑의 자리와 첨성대, 토함산의 석굴암 등도 모두 책에 나와 교과서를 볼 때마다 그때가 생생하게 기억이 나요. 마지막 날 먹었던 고기가 많이 들어 있던 돼지국밥, 황당했던 기차역에서의 달리기도요.

그밖에 크리스마스카드를 받은 것, 재미있는 소설책 시리즈 전권을 사 주신 것, 서부 카우보이 영화를 같이 본 것, 제주도 여행간 것 등 할

할아버지와 경주 여행

아버지와 보냈던 추억이 정말 많아요. 최근에는 지안이와 지호, 수아가 태어나서 현승이와 제가 찬밥보다 더한 언밥 신세가 되었다고는 하지만 모두 저만큼 할아버지의 사랑을 못 받았을 것으로 생각해요. 제 주변에서 그 누구도 저만큼 할아버지와의 추억을 가지지 못했고 할아버지의 애정을 못 느껴보았다는 것을 알기에 더욱 자랑스러워요.

  잠시 할아버지가 아프시고 전보다는 말을 적게 하셔도 앞으로 저랑 더 많은 이야기를 하며 지내실 수 있을 것이라 믿어요. 말 수가 적어서 표현을 못 해도 제가 할아버지를 제일 사랑해요. 언제나 감사하고 오래오래 행복하게 사세요. 오늘 생신 축하드려요.

                        2012. 10. 25

-언제나 사랑받는 것에만 익숙했던 손자가 사랑하는 마음으로.
              유럽의 하늘 아래에서 정환 올림.

          나는 외할아버지는 케익 할아버지, 친할아버지는 음메 할아버지라 불렀다.

팜파네라의 산속 소녀 마야

우리가 지내는 집에서 산 아래로 50m 정도 내려가면 집이 있는데 정말 예쁜 14살 소녀 마야가 산다고 했다. 지기 선생님이 기타 수업 중 꼭 만나 보라고 얘기하셨는데 정말 예쁘다고 하셔서 창문 밖을 여러 번 내다보았지만 한 번도 볼 기회가 없었다.

다음 여행지인 인도에 집을 구하기 위해 wifi를 이용하러 근처 마을의 카페로 갔지만 최근 비가 자주 와서 그런지 문을 열지 않아 허탕을 치고 돌아왔다. 그런데 우리 집에 돌아왔을 때 문 앞 땅바닥에 작은 발자국들이 있는 것을 보았다, 나는 마야가 나를 찾아온 줄 알고 뛰어가 다시피 길로 들어섰다. 저 멀리 산에서 내려가는 여인 둘이 걸어가는 것을 보고 부르고 싶었지만 멀리서 불러도 안 들릴 것 같았다.

너무 아쉬워 그 자리에 서서 펼친 검은 우산에서 빗물이 툴툴 떨어지는 것을 5분 넘게 바라보고 있었다. 그런데 놀랍게도 뒤돌아보던 한명이 나를 보더니 반갑게 손을 흔들며 뛰어왔다. '아, 마야가 부끄럼쟁이라더니 이렇게 기뻐할 수가 있나?' 하며 그쪽으로 다가갔다. 하지만 서양 사람이 아닌 한국 여자분이었다. 재미교포셨고 한국 사람이 이곳에 머문다는 것을 알고 찾아오신 분이었다.

드디어 낮에 마야를 만나게 되었다. 아버지가 창문 밖을 계속 지켜보고 계시다가 학교에서 돌아오는 마야를 불러서 나와 얘기하라고 떠민 뒤 집안으로 사라지셨다. 마야는 아주 아주 부끄럼을 탔고 14살이 아닌 13살이었다. 나는 내가 이야깃거리를 멋지게 찾지 못한다는 것을 잘 알고 있었다.

사실 며칠 전 비가 많이 오던 날 버스 정류장 앞에 서서 학교에서 돌아오는 마야를 기다린 적이 있었다. 내가 기다렸다는 티를 안내려고 산 쪽을 내려다보며 마야가 도착하면 산책 중이었다며 자연스럽게 말을 걸어볼 생각이었다. 이야깃거리가 정말 없었기에 혼자 "Hi~"부터 시작해서 "Do you know Psy(싸이)?" 등 별의별 이야깃거리를 생각했었다. 7개쯤 문장을 만들면 2, 3번째를 까먹어서 쉬지 않고 되뇌며 기다렸다. 1시간을 넘게 기다렸다.

저 밑 집에서 엄마가 올라와 차에서 뭘 꺼낼 것이 있다고 도와 달라고 하셨다. 나는 덤덤하게 엄마를 돕고 같이 내려왔다. 그런데 막상 생각해 보니 나는 마야가 오지 않기를 내심 바라고 있었던 것 같다. '정말 마야가 와서 내가 말을 걸어 어떻게 친구가 되지? 내 영어 실력이 두려운데' 라고 생각했다. 나는 항상 긴장하면 속이 울렁거리며 거북하고 심장이 빨리 뛰고 이가 부딪치며 손이 수전증처럼 떨린다. 너무나 고치고 싶은 단점이다. 존경하는 데일리 카네기처럼 언변이 뛰어나거나 심지어 사기꾼의 배짱이라도 갖고 싶은 마음이었다.

어쨌건 나는 미리 생각해 둔 이야깃거리를 마야에게 계속 질문했다. 오늘 아버지가 얘기할 수 있게 만들어 준 것이 좋은 기회라고 생각됐다. 얼마 이야기를 꺼내지도 못했는데 마야가 엄마와 약속이 있다고 집에 간다고 했다. 그래서 인사를 했고 마야는 빠르게 뛰어 내려갔다. 내가 무섭게 생겼는지 내 모습과 내 옷을 다시 돌아보았다. 아마도 부끄럼을 타서 급히 돌아서 뛰어갔을 것이다. 30분 뒤 우리 가족이 집에서 나올 때 차를 타고 가는 마야와 마야 엄마를 만났다. 나는 인사를 했지만, 마야는 전화를 하며 다른 곳을 보고 있었다. 정말 약속이 있긴 있었나 보다. 전에는 한 번도 안보이더니 오늘은 윗마을에서 서 있는 마야를 또 보게 되었다. 조금 씁쓸하지만, 말은 걸어 봐서 마음이 놓였다. 영화에서는 주인공이 여인의 사랑을 그렇게 빨리 사로잡던데 나는 평생 해 보지도 못한 구애를 해 보며 괴로움을 느끼고 있었다.

풀밭을 걸어 집으로 가는 마야

꿈꾸는
나무

타파, 훈훈한 스페인의 인심

 스페인 그라나다 팜파네라의 작은 호프집에 들러 쏟아지는 비가 그
치길 기다리며 아버지께서 맥주와 콜라를 시켰다. 손님이 한 명도 없
었던 그 호프집에는 스페인 축구 국가대표팀 유니폼과 응원 도구들로
가득했고 작은 텔레비전에선 삼성의 갤럭시 S3와 현대 자동차 광고
가 1분에 한 번씩 나왔다.

 주문하고 조금 기다리자 맥주와 콜라가 나왔고 시키지도 않은 안주
가 같이 나왔다. 다른 식당에서 매번 같이 나온 버터나 올리브에 손을
댔다가 말도 안 되는 돈을 낸 적이 한 두 번이 아니라 필요 없다고 아
저씨께 말했다. 첩첩산중의 시골이라 그런지 영어를 한마디도 못하는
아저씨는 프리란 영어단어 대신 손짓으로 공짜란 것을 보여 줬다. 미
트볼과 토마토소스를 얹은 빵을 인원수에 맞게 줬다. 맥주밖에 안 시
켰는데 아저씨가 남는 장사를 할 수 있을지 걱정됐지만 그렇게 우리

는 스페인에서 처음으로 공짜 안주인 '타파'를 먹게 되었다.

우리 가족이 할로윈 데이의 저녁에 팜파네라보다 더 깊은 산속 마을에 들어갔을 때다. 스케치하며 가다 보니 한국으로 치자면 거의 지리산 끝자락에 있는 마을이라 할 만큼 산속이었고 거의 바깥세상과 단절된 듯 보이는 하얀 마을이었다. 아버지와 어머니가 맥주를 좋아하셔서 들어간 작은 호프집은 카페의 느낌을 주었다. 이곳에서도 맥주와 함께 샐러드와 스튜를 주었는데 음식이 담긴 갈색 도자기는 전에도 자주 스페인의 여러 지역 식당에서 본 적이 있었다. 우리나라로 치면 중국집마다 사용하는 짜장면 그릇 같은 것 아닐까 하는 생각이 들었다. 저녁 식사도 겸하는 자리라 우리는 다양한 종류의 타파를 먹었고 식사 도중에 귀신 가면을 쓴 꼬마 애들이 뛰어 들어 우리에게 서툰 영어로 말을 걸었다. 주인아저씨가 유럽에서 알려지기 시작한 싸이의 강남스타일을 틀어줘서 다 같이 신나게 말춤을 추었고 아이들과 기념사진도 찍었다. 싸이의 유명세가 팜파네라 산속 마을까지 퍼져 있어 정말 대단하다는 생각을 했다.

스페인의 수도 마드리드 캠핑장에서는 맥주를 시키면 정말 많은 양의 타파를 줬다. 아무리 생각해 봐도 요리사 아저씨가 우리 엄마한테 잘해 주려고 많이 줬는지 내가 혼자 가면 콩알만큼만 줬다. 나도 젊고

팜파네라 산중마을의 작은 레스토랑

예쁜 여자 요리사만 찾아내면 되는데 참 서러웠다. 캠핑장의 식당이나 호프집에 가면 스페인 남자들은 주로 F1 경기와 축구를 보고 있는데 이기고 지는 데 관심이 없어 보였고 눈빛이 다들 평온했다. 아저씨들은 술 한 잔과 맛있는 타파를 먹으면서 TV를 보는 것이 유일한 휴식으로 보였다. 타파의 유래는 알 수가 없었지만, 술을 좋아하는 호프집 단골 할아버지뿐 아니라 남녀노소가 모두 좋아하는 듯했다. 우리 가족도 타파를 먹으려고 일부러 맥주를 주문할 때가 더 많았다.

타파 종류
1. 문어 샐러드
2. 미트볼
3. 올리브
4. 양념된 삶은 달걀
5. 으깬 감자
6. 토마토 소시지 국
7. 새우 절임
8. 토마토, 고기볶음과 빵
9. 고기 스튜
10. 대구 샐러드 등등

폴 아저씨의 카페가 있는 페네도

우리 가족은 스페인 남쪽 도로를 타고 자동차로 달려 포르투갈의 수도 리스본에서 서쪽으로 1시간가량 떨어져 있는 신트라 근처로 왔다. 여행 패키지로는 유럽 반도의 끝자락 르까곶과 신트라가 1박 관광 코스에 불과하겠지만 우리는 약 7일간 머물며 구석구석 즐기기로 했다. 우린 대서양과 신트라 도시 사이에 있는 산속 마을 페네도의 미리 예약해 둔 렌트 하우스에 들어갔다.

비가 왔는지 축축한 돌길의 습기가 녹색으로 느껴졌다. 나의 시골 할아버지 댁은 집들이 밭가에 외양간을 끼고 띄엄띄엄 떨어져 있는데 이 동네는 집들이 촘촘하게 붙어 있어 미로 같았다. 아버지는 이튿날부터 마을 곳곳을 탐방했고 순식간에 이 마을에 하나밖에 없는 카페의 폴 아저씨와 친해졌다. 우린 식사를 마치면 자주 그 카페를 들렀는데 큰 눈과 약간은 통통한 볼에 푸른 수염이 짧게 자라 거칠며 이가 삐뚤삐뚤한 것이 특징인 주인아저씨는 쾌활하고 성격이 좋았다. 요즘 아버지는 에스프레소에 설탕 하나를 타서 원샷하는 것이 취미이지만

난 언제나 콜라를 마시며 아저씨와 이야기를 나눴다. 아저씨는 스페인 사람들이 포르투갈인들을 무시한다고 무척 괴로워했다.

폴 아저씨 카페의 앞집은 작은 구멍가게인데 키가 큰 뚱보 아저씨가 있다. 냉장고에는 우유 다섯 통이 있고 냉동실엔 얼린 문어 다리와 조개를 얼려 놓은 팩만 있어서 파리가 여기저기 날아다니는 작은 슈퍼이지만 아저씨는 항상 밝은 표정이었다. 우리가 폴 아저씨와 놀 때면 뚱보 아저씨는 슈퍼를 비워 두고 올 때도 있었는데 덩치에 비해 쑥스러움을 잘 타 말을 할 때면 볼만 빨개졌다.

카페의 뒤편에는 싼 가격에 맛있는 음식을 먹을 수 있는 식당이 있었다. 냉장고에 각종 고기와 대서양에서 잡은 다양한 생선들이 진열되어 있어서 그중에서 자신이 원하는 종류의 메뉴를 2개 고르면 요리사 형이 바비큐로 구워 주거나 요리를 해서 감자튀김과 밥, 수프, 약간 쓴 올리브, 달콤한 하우스 와인, 큰 음료수를 포함해 단돈 8유로 가격에 먹을 수 있었다. 또 6유로면 천엽 스테이크나 돼지 간 스테이크 같은 오늘의 메뉴를 먹을 수 있는데 우리가 시켜보진 않았지만, 폴 아저씨가 시킨 것을 먹어 보았다. 외국인들은 자신에게 주어진 음식만을 먹는다고 알고 있었는데 우리가 한국식처럼 먼저 약간의 음식을 맛보라고 나눠 주니 아저씨도 쑥스러워하며 자신의 음식을 나누어 주었다.

그럴 때 보면 외국과는 다른 한국의 문화가 은근히 느껴지기도 했다. 우리가 식사할 때는 점심을 먹으러 온 할아버지들 수십 명이 모두 쳐다봐서 유명인사가 된 듯했다. 여행하는 동안 줄곧 그래서인지 이제는 시선이 잘 느껴지지 않았지만, 행동을 항상 조심하게 되긴 했다. 요리사 형과 웨이트리스 이모는 정말 순수하고 쑥스러움을 타서 이 마을의 때가 묻지 않은 모습을 대표적으로 보여주었다.

 마을의 전경은 노을이 지는 저녁이면 더욱 빛났다. 산 정상에 있는 마을이라서 서쪽 바다로 지는 주황빛 노을이 한눈에 들어왔고 멀리서 바람을 타고 들려오는 개 짖는 소리가 어울려 한적했다. 그에 더해 마을 사람들의 순수함과 착한 시골풍 느낌이 들어서일까, 포르투갈 하면 축구선수 호날두라고 생각했던 내 마음은 바뀌어 아름다운 풍경과 착한 사람들이 떠오르게 되었다.

유럽의 서쪽 끝 르까곶의 바다가 보이는 풍경

포르투갈 신트라 페나성

  그 지역의 유명 관광지거나 그곳 사람들만 아는 가 볼 만 한 곳을 미리 찾아보지 않고 그 동네 사람들에게 물어보는 것이 우리 가족의 여행 방법이다. 포르투갈에서 아는 곳이라고는 유명한 대도시인 리스본과 로까곶밖에 없었다. 차를 타고 나가지 않는 한 놀 것이 없지만, 여행의 중반이라 그런지 아무것도 안 해도 시간이 너무 빨리 가 글도 써지지 않고 그냥 스케치만 하며 계속 돌아다니게 되었다. 어느 날 아버지가 아침 일찍 나가 카페에서 폴 아저씨와 에스프레소를 마시며 관광명소의 정보를 얻어서 돌아오셨다. 스페인은 시골로 가면 갈수록 사람들이 영어를 잘 못하는데 포르투갈 사람들 중에서 영어로 말하지 못하는 사람은 찾을 수 없었다.

우리가 찾아간 관광명소 페나성은 높은 산꼭대기 정상에 있었다. 남산 타워에 올라갈 때보다 더 꼬불거리는 산길을 걸어 도착한 성은 분홍빛의 아리따운 색을 띠었다. 19세기에 만들어진 성이라는데 백설공주 동화책에 나올 법해서 내 생각에 이곳이 바비 인형 성의 원조일 듯했다. 동화 속의 예쁜 성으로 보이지만 구석구석 괴물 형상의 조각상들이 있어 특이했다. 성에 올라가 여왕의 테라스에 서면 바로 발밑 성 아래 사람들의 모습과 근처의 산들이 한눈에 보였다. 성주는 자신의 '권력'이 강하다는 것에 대하여 내심 기뻤을 것 같았다. 나 또한 무척 부러웠다. 내부에 중국 도자기 같은 청색 타일을 붙여 만든 방이 많았고 코스모스 여러 개를 펼쳐 놓은 모양의 천장이 있어 디자인에 신경을 쓴 듯했다. 디자인이 스페인 바르셀로나에서 감명 깊게 본 신개념 가우디 성당과 비슷해 가우디가 설계한 줄 알았지만 찾아보니 페나성은 가우디가 태어나기 전에 지어졌다.

많은 현대 미술관과 과거 미술관들을 다녀 보니 유명하고 독창적이

화려한 타일로 지어진 오색의 페나성

라고 불리는 작가들 중에서 과거의 것을 변형해 만든 사람들이 적지 않은 것으로 보아 천재 가우디도 이런 건축물에서 아이디어를 창조해 내지 않았을까 싶었다. 성의 내부에는 한창 복원작업을 하는 중인 하얀 가운을 입은 사람들이 옹기종기 모여 타일 조각을 관찰하고 있었다. 아무리 유명한 옛 작품을 뛰어나게 복원해도 그 죽은 작가만 더 명성이 올라가고 일반인이 잘 안 알아주는 복원사들의 삶은 내 시각에선 세상 일의 또 다른 이면으로 느껴졌다.

아름다운 성과 자연을 다니며 포르투갈에서 편한 마음으로 보았던 관광은 여기서 마쳤다. 다음날 아버지가 인터넷을 켜기 전까지….

카드 복사의 악몽

11월 9일

그라나다를 떠나 포르투갈로 넘어온 지 5일이 되었다. 로까곶이라
는 유럽의 가장 서쪽 끝 해변 근처 시골에 예약해 두었던 집에 들어
갔는데 페네도의 통신상태가 안 좋은지 인터넷이 집안 정원에서 아
침에만 조금씩 연결돼 이용하기가 불편했다. 그러다 드디어 9일 아침
에 아버지가 인터넷 연결에 성공해 인터넷뱅킹에 들어갈 수 있게 되
었다. 나는 전날부터 몸살 기운이 조금 있어 이불을 돌돌 말고 소파
에 누워 유리문을 통해 인터넷을 하는 아버지의 뒷모습을 흐릿하게
보고 있었다.

그런데 갑자기 아버지가 머리를 부여잡고 휘청거리며 막 눈을 가
렸다가 마우스를 누르더니 집안으로 들어오셨다. 아버지는 똑같은
ATM 기계에서 8~9번씩 돈을 뺀 것이 세 페이지나 된다며 손이 떨린

다고 하며 카드랑 휴대전화기 등 필요한 모든 기기를 모아서 다시 확인했다. 나는 아프다고 쓰러져 끙끙 앓고 있다가 상황을 눈치채고 아픈 내색도 못 하고 밖에 나가 뱅킹 상황을 보았다. 진짜 기절초풍하게도 피해 금액이 3000만 원을 넘어갔다. 아버지는 빨리 못 알아챘다고 한탄하며 아버지 특유의 자책을 하시며 한국대사관에도 연락하시고 카드회사와 보험회사와 관련된 지인들에게 연락해 해결 방법을 알아보고 어머니는 형사처럼 어디서 복사가 시작되었을지 추측하며 아버지를 달랬다. 나는 인터넷상으로 일어나서 실제로 보지 못한 돈이라 실감이 나지 않았다. 차라리 내 노트북을 훔쳐갔다면 꼭 찾아 가만두지 않겠다고 난리를 쳤을 것이다.

점심에 가족끼리 말 한마디 하지 않으며 식사를 했다. 지금까지 지갑과 휴대전화기 카메라 등 차 속 물건들까지 목숨처럼 걱정하고 지켰는데 한 번에 우리가 가진 짐들을 삼십 배는 더 살 수 있는 돈이 사라진 것이니 황당했다. 우리 가족이 워낙 낙천적이다 보니 그 상황에서도 리스본 근교에 캠핑장 방갈로에 머물며 유럽을 떠나기 위해 미리 한국으로 짐도 부치고, 리스본의 현대미술관과 성당도 구경하고 다시 스페인으로 넘어가 톨레도에서 유명하다는 새끼돼지 요리도 먹으며 한국의 은행에서 연락이 오기만을 기다리며 시간을 보냈다.

힘든 시간이 지난 어느 날 새벽에 한국에서 전화가 왔다. 본인의 잘못이 아니라면 보상받을 수 있다는 내용의 전화였다. 태연하려고 노력은 했지만 그때까지 우리는 악몽 같은 시간을 보내야만 했다. 곧 인도로 가야 하기 때문에 우리 가족은 마드리드로 가서 지인의 도움으로 스페인 경찰서에 신고 접수를 하고 카드복사에 관한 증거 서류도 제출했다. 범인은 10월 21일 자정부터 돈을 뽑은 것으로 보아 그 전날 식당이나 ATM기에서 복사를 당한 것으로 추측되었다. 범인을 안다 해도 물증이 없어 못 잡아내고 또 이렇게 큰 도둑질을 할 정도면 전문조직이 뒤에 있을 것이라고 경찰이 말했다.

그 후로도 아버지는 여러 번의 서류 작성과 서울의 은행과 카드회사 등 많은 곳에 계속 연락을 하며 보내야 했다. 나중에 확인해 보니 범인들은 미국의 이곳저곳에서 돈을 인출했다고 했다. 나는 아직 책임지거나 내가 풀어갈 상황의 자리가 아니었기에 부모님께 응원과 독려만 할 뿐이었다. 부모님이 끝까지 노력해 보험사에서 피해금을 받을 수 있게 되었다는 소식을 듣고 우리는 다시 마음 편히 유럽을 떠날 수 있었다. 해결이 안 되었다면 행복하던 여행이 너무 괴롭게 끝났을 것이지만 보험금을 받을 수 있게 되어 즐겁게 넘어갈 수 있는 에피소드가 되었다.

악몽 같은 그날의 기억

꿈꾸는
나무

다정한 형제

사랑하는 동생 현승에게

　농사를 지으려면 많은 정성이 필요하다는 것을 너도 알 거야. 씨도 뿌려야 하고 땡볕에서 나쁜 잡초와 해충도 잡아 줘야 하고 물도 필요하지. 가끔 비가 안 오고 해충 잡기가 힘들어 해로운 농약을 치고 싶은 마음이 들 수도 있어. 흉년이 들거나 열매를 딸 때를 놓쳐 수확을 못 할 수 있지만, 또 다음 해가 있잖아. 내년에는 실력도 더 좋아질 것이고 가뭄을 피하기 위해서는 스프링클러를 만들면 되고 폭설을 막기 위해서라면 튼튼한 비닐하우스를 지으면 돼. 결국에는 기다리고 바라던 아름다운 너만의 열매를 얻게 될 거야. 그래, 우리는 무슨 씨앗을 심을까? 형은 며칠 뒤 유럽여행을 마치고 인도로 간다. 보고 싶다!

2012년 11월 포르투갈에서 형이

꿈꾸는나무

에브라 성당 탑 위에서의 결심

한국을 떠난 지 10개월, 오랜 여행의 끝이 다가오니 많은 감정이 느껴진다. 여행을 떠나기 전엔 여러 가지 목표도 가졌었고 열정에 가득 차서 프랑스와 독일에서는 날마다 수학, 영어 공부, 그림 그리기에 열중했고 박물관도 돌아보며 열심히 살고 있다는 마음이 들었었다. 그러나 캠핑생활을 시작하고 한 장소에 오래 머물지 못하며 짧은 기간의 이동이 많아지면서 시간이 갈수록 조금씩 공부 시간도 줄어들고 관광하는 일정과 쉬는 날들이 늘었다.

이제 2주 뒤면 유럽을 떠나 인도로 떠난다. 지금 스페인과의 국경에 있는 유네스코 지정마을 에브라의 웅장한 성당 탑 위에 올라와 있다.

 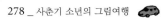

깊은 사색에 잠겨 있는 에보라 성당 위의 자화상

꿈꾸는
나무

빨간 기와지붕들과 군데군데 보이는 하얀 벽들과 꼬불꼬불한 중세의 돌길로 이루어진 마을, 저 멀리에는 바람에 푸른 곡식이 흩날리는 것이 보이는 밭과 초원, 푸른 산이 시야에 들어오지만, 감흥이 없다. 이성적으로 계속 생각해 보아도 아름다운데 아름답다고 느껴지지는 않는다. 이것이 바로 백수의 삶인 것일까. 죽도록 놀아도 계속 재미있을 줄 알았는데 이제 노는 것마저 흥미롭지 않고 이런 아기자기하고 아름다운 마을에서도 어느새 무감각해진 듯하다.

하지만 내가 열심히 일해서 돈을 모아 동생들을 데리고 이끌면서 여행을 했다면 다르지 않았을까. 돈을 쓸 때마다 '아까운 내 돈!' 이라고 괴로워하면서 돈의 귀중함도 더 느낄 것 같고 열심히 일한 것에 대한 보상심리로 더 여행을 즐기려고 하지 않았을까. 무엇보다 내가 앞장서서 주도해 나간다면 더 신나게 들떠서 다니지 않았을까 생각해 보았다.

어릴 땐 평생 게임이나 하며 놀고 내가 좋아하는 라면도 많이 먹고 내가 해야 하는 일을 안 하는 삶이 재미있을 것 같았는데 막상 그렇게 지내 보니 그러면 인생의 참된 즐거움을 모르고 엉뚱하게 살 것 같다. 놀기만 하는 것이 아닌 힘들더라도 열심히 일하고 돈도 많이 벌어 긴 여행을 올 수 있는 사람이 되어야겠다고 마음을 먹어 본다. 안타깝고 아쉽게도 내 지금의 감정은 모든 것에 무덤덤해졌지만, 사람은 무엇을 즐거움으로 살아야 하는지 느끼고 있다. 나중에 이곳 스페인 서부 에브라 마을을 떠올리면 내겐 아름다움보단 큰 깨달음을 갖게 된 곳으로 기록될 것이다.

선물 같은 여행, 산티아고 순례길

카드복사 사고를 수습하느라 인도비자 신청하는 것을 깜박해 발급받기 전까지 12일이란 시간을 스페인에서 더 머물게 되었다. 비자를 준비해야 한다는 생각을 못 하고 바로 인도로 떠난다고 생각해서 6개월 이상 사용하던 물건 중 중요한 물건들은 이미 한국으로 부쳤고 파리에서부터 함께한 차마저 반납한 상태라 암담했다. 인도행 비행기 표도 연기해야 했고 인도에서의 국내선 비행기 표와 한 달간 사용하려고 예약해 둔 집도 다 취소하는 번거로운 일들이 생겼다. 우리 가족은 한탄하며 스페인에서의 예정 없이 추가된 12일을 보낼 수도 있었지만 바로 새로운 계획을 만들기 위해 가족회의를 했다.

우리는 스페인에서 벌어진 신용카드 복사 문제로 걱정이 많았지만 잘 해결될 거라는 믿음을 갖기로 했다. 그리고 다시 즐거운 마음으로 새로 주어진 기회에 스페인 북부의 산티아고 순례길을 가기로 했다.

사실 여행을 떠나기 전에 아버지는 산티아고 길 약 800km 정도를 한 달간 배낭을 메고 걸어 보는 것이 어떻겠냐는 제안을 했었다. 하지만 기간이 많이 소모되고 이미 갔다 온 지인들께서 그곳은 혼자 걸어야 하는 곳이라 나중에 각자 가 보라는 조언들을 해 주셔서 이번 여행에 서는 갈 기회가 없을 것이라고 예상했었던 곳이었다.

우리는 산티아고를 가기 위해 마드리드 공항 근처에서 빨간색 폴크스바겐을 다시 빌렸다. 부모님은 여행을 떠날 때 큰 계획은 준비해도

SENDERO
DE ENCIO
2012.
11.21

산티아고 가는 길에 그림을 그리고 있는 아버지의 뒷모습

세세한 일정은 짜지 않는다. 점심은 몇 시에 어디서 먹고 어디를 가고 몇 시간 만에 돌아와 다시 이동해서 저녁을 먹고 잠은 몇 시에 잘지 같은 세세한 일정을 여행 전에 계획하는 것은 의미 없다고 생각하셨다. 나도 여행지에서 여행자의 마음은 매번 바뀔 수 있으므로 아직 안 가본 상태에서 다음 계획을 잡는다는 것은 재미없는 일이라고 생각했다. 아마 여름방학 하루 일과표를 이틀 만에 지킬 수 없게 되는 것과 같지 않을까 싶었다.

이번에도 생각지 못한 시간을 갖게 되었지만, 여행의 고수인 엄마, 아버지가 아무런 걱정 없이 바로바로 결정하는 모습을 보고 속으로 대단하다고 느꼈다. 어렸을 때부터 부모님의 행동이나 모습을 보면서 즐겁게 지내면서도 모든 일에 최선을 다하는 것이 중요하다고 배웠기 때문에 부모님과 떨어져 있을 때는 나도 그렇게 행동하려고 노력을 했다. 날씨가 쌀쌀해서 얇은 옷을 몇 개씩 더 껴입어야 하는 늦가을 11월 중순, 아버지는 12일 동안의 산티아고 여행은 여행 안의 여행이 될 거라고 즐거워하며 스페인 북쪽을 향해 차를 몰았다. 나는 공부도 안 하고 특별히 스트레스 받을 일도 없어서 어디를 가든 마음이 편했다.

우리가 도착한 산티아고 순례길은 차로 가는 길과 걸어서 가는 길이 나란히 있었다. 우리는 천천히 달리다가 마을이 나타나면 산책도 하

작은 집들이 옹기종기 모여 있는 산티아고 가는 길

고 성당에 들러 기도도 하고 작고 허름한 식당에서 나름 맛있는 음식을 먹기도 했다. 나는 숙소에서 만난 한국인 순례자들인 서진이 형, 승호 형, 빛나 누나 등 한국인 일행들과 1박 2일을 함께 걷고 순례자들의 숙소인 알베르게에서 잠을 자는 체험도 했다. 온종일 형들과 인생에 관해 얘기를 나누며 걸었는데 다들 가지고 있는 고민이 있었고 나를 어른으로 대해 줘서 고마웠다. 첫날 같이 걷고서 숙소 2층 침대에서 형들과 고스톱을 치며 놀았던 일이 기억에 남는다.

자동차가 있는 한적한 시골 풍경

 다들 고민과 근심을 버리려고 순례길에 온다는데 아직 버릴 게 별로 없는 나는 뭘 버려야 하나 고민이 되었다. 산티아고 순례길에는 동네마다 이름 모를 성당들이 있었고 레온 성당이나 부르고스 성당 등 큰 성당도 있었다. 우리는 비가 내리는 날 목적지인 산티아고 성당에 도착해 순례자들을 위한 감사기도에 참가하고 다시 마드리드로 돌아왔다.

유럽의 고속도로 휴게소

한국에서도 그렇듯 아버지가 운전 중 지치거나 가족 중 누구라도 볼 일을 보고 싶을 때 휴게소를 들렀다. 한국의 대형휴게소와 달리 유럽의 휴게소들은 작고 시설이 간단했다. 지역마다 차이가 있었지만 대체로 셀프주유소와 편의점, 커피숍이 주를 이루었다.

잡일은 내 담당이기에 자다가 찌뿌둥한 상태에서도 차에서 내려 주유소의 기름 총을 꺼내 차에 기름을 채웠다. 유럽에 실업자도 많다는데 웬만하면 점원 좀 두지 매번 내가 카드 긁고 손에 기름 묻히는 것이 너무 귀찮았다. 돈도 조금 받고 힘든 노동처럼 보였기 때문에 대학생이 돼서 아르바이트를 하게 되어도 절대 안 해 보고 싶은 일이 주유소에서 일하는 것이었다. 그래도 1년 동안 체험이란 체험을 다 하는 판에 못할 것이 뭐가 있을까 생각하며 열심히 주유를 했다. 초기엔 긴장해서 총을 계속 잡고 수동 주유를 했지만, 실력이 적당히 느니 총을 주유 상태에 고정하고서 편하게 주유를 할 수 있었다. 비록 몇 번 기름을 자동차 옆면에 뿌리거나 몇 유로 치를 바닥에 흘려 웅덩이로 만들어 버리기도 했지만 나름대로 재미가 있었다. 나라별로 기름값의 차이가 크게 났는데 프랑스나 독일 등은 적당하지만 크로아티아는 상대적으로 싼 편이었고 이탈리아에서는 기름값이 금값이었다.

휴게소의 풍경은 대체로 신기했다. 주차장에는 영화 트랜스포머에 나올 법한 트럭들이 즐비하게 주차되어 있고 흰 티만 입은 덩치 큰 트럭 운전사들이 돌아다녔다. 슈퍼에는 잡다한 것을 파는데 아무도 사 갈 것 같지 않은 기념품이나 장난감, 그리고 적나라한 빨간 잡지 등이 있었다. '진짜 안 팔릴 텐데' 생각하면서도 가끔 호기심이 가는 것은 사실이었다.

나라마다 휴게소의 화장실도 특이했다. 프랑스에서는 화장실 입구에 전철표 찍는 관리대 같은 기계가 있어서 50센트나 1유로를 내야 들어갈 수 있었다. 동전이 부족한 사람은 어떡하라고 화장실에 돈을 내고 들어가나 싶었고 우리나라의 서비스와 시설에 감사할 뿐이었다. 반면에 독일의 휴게소 화장실은 깨끗하고 무료였다.

맛있는 뷔페 음식을 판매하는 독일의 휴게소에선 배불리 음식을 먹

작은 에스프레소 커피 잔

을 수 있었다. 스페인의 휴게소에선 맥주와 타파를 팔아서 역시 스페인답다는 생각을 했다.

휴게소는 내게 친근한 곳이기도 하다. 초등학교 때는 매주 주말마다 부모님과 여행을 다녔기 때문에 차에서 지내는 시간이 많았고 그때 차만 타면 자는 습관이 생겼다. 차가 서기 힘든 곳에서는 가끔 빈물통을 이용하기도 했지만, 휴게소에 가면 화장실을 이용할 겸 엄마가 평소 못 먹게 하는 라면을 먹을 수 있었다. 또 목적지를 가기 전 가장 마음이 설렐 때가 집에서 출발할 때보다 맛있는 군것질을 하고 휴게소에서 다시 도로로 접어들 때였던 것 같다. 나라마다 다른 문화가 있는 유럽의 휴게소는 한국의 휴게소와는 형태도 다르고 정서도 다르지만, 제각각의 편안함을 느낄 수 있는 모습이 한국에 가서도 기억날 것 같다.

인도

팔로렘의 코코넛 하우스

뭄바이에서 국내선 비행기를 타고 남인도 고아Goa로 왔다. 첫날은 숙소를 미리 예약하지 못해서 허름한 방갈로임에도 비싼 값을 치르고 잠을 잤는데 다음 날 아버지가 수소문해서 해변에서 가까운 야자수 숲속에 있는 민가를 빌렸다. 방이 두 개라서 하나는 잠을 자고 하나는 우리가 글을 쓰는 서재로 꾸며 매일매일 지난 여행에 대한 글을 쓰면서 지냈다.

며칠간을 팔로렘에서 지냈는데 첫날 묵었던 방갈로에서 일하는 디벅의 소개로 택시기사 루페쉬를 알게 되었다. 루페쉬의 택시를 타고 올드 고아에 갔던 날 아버지가 그에게 꿈이 뭐냐고 물어 보았다. 인도에서 택시기사를 해서 돈을 벌기가 쉽지 않을 것 같은데 그의 꿈은 친구 디벅과 함께 레스토랑의 주인이 되는 것이었다. 이룰 수 없을 것 같은 꿈이지만 루페쉬의 둥그런 눈이 영롱하게 빛나는 것을 보면서 어쩌면 그 꿈이 이루어질지도 모르겠다고 생각했다.

인도인들이 뒤만 돌아서면 마음이 변한다면서 믿지 못할 구석이 있다는 얘기도 있지만, 부모님은 그 둘을 믿고 꿈을 이루어 주고 싶어 하셨다. 어떻게 할까 고민하다가 레스토랑을 시작할 수 있도록 우리 가족이 돈을 투자하기로 했다. 우리나라 돈으로 천만 원이란 적지 않은 돈으로 시작하기로 했고 나도 내가 여행을 떠나기 위해 모았던 백만 원을 투자했다. 그리고 나에게 오는 수익금은 인도의 가난한 학교에 기부하기로 했다.

네팔인인 디벅은 지난 12년 동안 시즌(10월~4월)이 되면 인도로 내려와 호텔이나 레스토랑에서 일하고 비수기에 고향으로 돌아가 6개월간 농사를 짓는다고 했다. 매일 아침 6시에 일어나 자정까지 일을 하느라 잠은 4~5시간 자며 살아왔다고 했다. 아버지가 인도를 여러 번 오가시면서 식당에서 일하는 종업원들의 수입을 알고 계셨다. 그들은 6개월 정도의 관광 시즌 동안의 월급을 시즌이 끝나고 한꺼번에 받는데 한 달 치가 약 5,000루피 한화로 11만 원 정도라고 했다. 나

같으면 죽고 싶었을 것만 같았다. 디벅과 루페쉬는 부양해야 할 가족이 있는데 하루하루를 연장하는 삶을 살아갈 뿐이었다. 그랬던 루페쉬와 디벅에게는 로또보다 더한 행운이었고 너무나 행복해 하며 감사해 했고 매일 매일 둘이 같이 지내며 레스토랑에 대한 이야기를 나누었다. 우리 가족도 착한 일을 했다는 마음에 팔로렘의 시간이 더 즐거웠다. 팔로렘에서 약 30일을 머물렀는데 우리는 루페쉬의 택시를 타고 고아 곳곳을 다니며 재밌게 놀았다. 가끔 팔로렘 전통 생선 커리를 맛있게 먹기 위해 팔로렘 밖에 있는 인도식 기사식당에 가서 40루피짜리 커리를 먹었다. 웬만히 인도에 적응한 유럽인들도 못 갈 현지 식당이었지만 우리는 생선 커리의 매력에 완전히 빠져 여러 번 갔다. 식사를 하고 나면 여행객들은 찾아갈 수도 없는 팔로렘 근처의 작고 아름다운 해변들을 찾아갔다.

저녁때면 우리가 머무는 집에 루페쉬와 디벅이 직접 요리를 해서 올 때가 있었다. 거리와 해변의 식당에서 터무니없이 비싸게 파는 생선들을 새벽 도매 시장에서 루페쉬와 디벅이 싸게 사 와 인도의 전통 양념인 탄두리로 구워 먹고 '깔라말리'라는 오징어 볶음, 게 요리 등을 해 먹었다. 입맛에 딱 맞는 인도식 오징어 볶음과 게 요리는 일반 식당에서 팔지 않는 메뉴이기에 더욱 맛있게 먹었고 이 요리들은 꼭 우리의 레스토랑의 메뉴로 들어가야 한다며 기뻐했다. 그리고 전시 제목을 잘 짓는 아버지와 엄마가 즉석에서 레스토랑의 이름을 지었다. 코코넛 나무가 많은 팔로렘에 정작 코코넛 하우스라는 식당이 없었다. 그래서 지은 이름이 '팔로렘 코코넛 하우스'다.

　어느 날은 낚시꾼의 아들이었던 루페쉬가 사는 동네의 바다에 가서 낚시를 했다. 나는 멀미 때문에 한 마리도 못 잡았지만 인도의 바다를 즐겼고 아버지와 루페쉬가 잡은 작은 생선들은 루페쉬 집에 가서 생선 커리를 해 먹었다. 편의점에 있는 플라스틱 의자와 군데군데 새카만 진분홍 벽의 투박한 집이었지만 루페쉬의 엄마와 이모, 부끄럼쟁이 6살 조카가 친절하게 맞이하고 요리해 주었다. 영어를 하시지는 않지만, 우리 가족에게 너무나 기쁜 마음을 표하는 할머니께서 커리를 수북이 먹는 나를 백 점 받은 아들을 보고 있는 듯해서 쑥스럽기도 했다. 팔로렘에서 지내는 동안 무섭고 두려웠던 인도에 대한 생각이 바뀌어 이제 언제든 올 수 있는 따뜻한 나라가 되었다.

꿈꾸는
나무

갈색 바위로 가득 찬 함피

　우리가 묵고 있는 산티 게스트하우스 앞에 있는 가게에서 오토바이를 10일 정도 빌렸다. 아버지가 가게 간판을 그려 주고 다른 사람들보다 싼 가격으로 대여를 했다. 캄보디아의 앙코르와트와 파리의 노트르담 성당, 스페인의 가우디 성당 등 유럽의 웅장한 성당들을 수도 없이 봤던 나에게 함피의 사원들은 원숭이가 많다는 것을 빼고 밋밋하고 지루했다. 그래서 사원구경을 기대하기보다는 오토바이를 타고 이 특이한 함피의 바위산 풍경을 즐기기로 했다.

　라오스에서 오토바이를 탄 경험이 있었지만, 어느새 감각을 잃어 첫날은 풍경은 하나도 못 보고 아버지의 오토바이 꽁무니만을 보며 달렸다. 비포장도로가 많아 조심조심 달리는 나에게 아버지는 엉덩이를 들고 팍팍 좀 달리라고 가르치셨고 엄마는 내가 잘 타면 칭찬을 해 주셔서 부모님이 아들이 오토바이를 타는데 이래도 되는 건지 하는 생

달빛 아래 함피

각이 들었다. 차츰 여유로워져 죠리퐁을 쌓아 놓은 듯한 바위와 키 작은 나무로 이루어진 거대한 돌산들을 바라볼 수 있었다.

우리는 오토바이를 타고 스쳐 지나가다가 마음에 드는 돌산과 풍경이 있으면 멈추고 앉기 좋은 곳으로 걸어 들어갔다. 밭 사이로 난 샛길이나 큰 바위 위, 나무 밑 등 어디로든 들어가 가족이 함께 스케치했다. 아버지와 엄마는 가장 핵심적인 곳을 그렸지만 나는 소심한 반항심이 생겨 부모님이 그리지 않는 곳만 그리려고 신경을 썼다. 돌산에

노을이 비치는 함피

꿈꾸는 나무

해를 등진 함피

는 거북이나 모자 등 사람이 비유할 수 있는 형태는 다 있을 것 같이 모양이 다양했다. 사진을 찍거나 지나가다 잠깐 멈춰 보면 전체가 하나처럼 보이지만 그림으로 그리면 바위들의 형태와 위치, 무슨 나무가 있었는지 꼼꼼하게 보게 되어 더 함피의 풍경을 즐길 수 있었다. 양옆에 부모님의 그림을 슬쩍 보면 내 그림과 너무 비교돼서 비교할 수 없다는 것을 알면서도 사람인지라 부족한 내 실력에 열을 받기도 했다. 그래도 프랑스 루브르 박물관에서 데생을 해서 그런지 곧잘 그리기에 몰입했다. 스케치할 때면 관심을 보이며 구경 오는 인도인들로 북적였다. 한번은 저 멀리 밭 끝에서 우리를 보고 자길 좀 봐 달라는 것처럼 부르던 애들은 기어코 곁으로 와서 그림 구경을 했다. 어른들도 마

달빛이 비치는 함피의 돌산

찬가지로 호기심이 넘쳐나서 아버지가 그리고 있는 스케치북을 들춰
보려 하고 자신을 그려 달라고 귀찮게 매달리기도 했다. 정말 인도인
들은 하고 싶을 말과 행동을 꼭 하는 것 같았다. 옆에서 계속 말을 걸
어서 나는 약간 짜증이 나려 할 때도 많았지만, 어느새 해탈의 경지에
이르러 부처가 된 기분으로 웃어넘겼다.

노을이 질 때면 숙소 앞의 산에 올라가 돌산과 야자수가 어우러진
함피의 풍경을 내려다보았다. 유럽의 석양은 서정적이고 연한 색채로

쌍둥이 바위가 있는 산

보였다면 함피의 석양은 더 뜨겁고 태양도 더 커 보였다. 여러 민족의 사람들이 다 같이 모여 앉아 일몰을 보는 느낌도 색달랐다. 유럽의 여러 도시에서 물이나 우산을 파는 인도계 사람들은 누추해 보이고 낯설었는데 이곳에선 모두 어우러져 있는 것 같았다. 아침마다 민가로 내려와 전깃줄을 타고 옥상을 오가며 음식을 훔치거나 밭에서 콩을 빼먹던 하얀 원숭이들도 쪼개진 돌들 위에 군데군데 앉아 노을을 바라보는데 그 뒷모습이 사람 같았다.

이 돌산은 어떻게 만들어졌을까. 함피를 방문했던 사람 중에 함피

야자수와 들판이 있는 함피 교외 풍경

의 산이 어떻게 해서 생겨나게 됐는지 궁금해 했던 사람들이 없었는지 인터넷으로 검색을 해도 알 수가 없어 답답했다. 이곳은 화강암이 많은 산이니 용암이 분출 뒤 땅 밑에서 굳은 화강암 덩어리들이 지진으로 쪼개지고 솟구쳤다가 떨어져 바위산을 만들지 않았을까 내 나름대로 추측해 보았다. 갈색 바위로 가득한 함피는 사람과 풍경, 기억이 모두 갈색이었다.

고아의 로컬 비치

　겨울에 따뜻한 팔로렘에는 세계에서 몰려든 외국 관광객들과 인도인들로 가득 차 해변에는 사람들로 인산인해를 이루었다. 북적북적한 팔로렘 비치에서 수영하느라 지친 우리 가족은 이 팔로렘을 꿰고 있는 루페쉬의 안내로 현지인들만 가는 로컬(local) 비치를 갔다. 삼촌의 택시를 타고 조금만 가면 물의 느낌부터 다른 개성 넘치는 해변들이 생각보다 여러 장소에 있었다. 그렇게 날마다 다른 해변으로 수영하러 다니다가 마지막으로 간 해변이 콩고닝 비치였다.

　야자수가 많아 거대한 이파리 사이로 빛이 들어오지 못해 숲은 어두웠고 우리는 저 멀리 바닷가에 비추는 햇빛을 보며 숲을 지나갔다. 숲

팔로렘 해변의 오후

을 뚫고 해변으로 나가자 익숙하지 않은 아담한 바닷가가 나왔다. 육
지보다 바다 쪽 땅이 푹 꺼져 있어 모래사장은 폭이 10m 밖에 안 되었
고 해변의 길이마저 짧아 100m도 채 안 되어 보였다. 해변의 양옆은
야자수로 뒤덮였고 바다를 향해 길쭉하게 나온 작은 산 두 개가 있어
다른 공간으로부터 차단되어 우리만 있다는 느낌이 들게 했다. 인적
이 드문 곳이라 평일엔 해변을 지키는 라이프 가이드 셋과 우리 가족
만이 있었다. 작은 해변인데도 불구하고 다리가 휘청거릴 정도로 강
한 흰색 파도가 쳤는데 깊은 물속으로 들어갈 때면 굵고 뾰족한 자갈
들이 밟혀 뒤꿈치를 들고 들어가야만 했다.

무너진 올드 고아 성당

　그러다 문득 내가 크리스마스가 얼마 남지 않은 겨울에 수영하고 있다는 것이 믿기지 않았다. 인도도 이렇게 따뜻한데 아프리카 사람들이 크리스마스를 보낼 걸 생각하니 어떤 일에라도 선입견이나 고정관념을 가지면 안 되겠다는 생각이 새삼 들었다. 물은 깨끗한데 중간중간 해초가 밀려와 몸에 걸렸다. 즉석에서 놀이를 만들어 내시는 아버지가 여러 개의 해초를 모아 머리끈으로 묶어 핸드볼만 한 해초 볼을 만들어 놓았다. 해가 수평선 너머로 사라질 듯 낮게 걸려 물결에

하얗게 빛이 반사돼 출렁이는 물결과 공이 흐릿하게 보여 꿈을 꾸는
것 같았다.

 햇살이 찰랑거리는 물속에서 사랑하는 부모님과 시간 가는 줄 모르
고 지내니 너무나 행복했다. 이제 한국으로 돌아갈 날도 얼마 안 남았
다고 생각하니 시간이 더 소중하기만 했다.

꿈꾸는
나무

여행을 마치고 한국으로 돌아간다

여행을 마치고 한국으로 돌아간다

함피에서 팔로렘으로 돌아와 우리 가족은 소소한 일상들에 빠져 푹 쉬고 있었다. 아침마다 집 앞의 낡은 식당에서 1,000원도 안 되는 맛있는 피쉬커리를 먹고 더운 낮에는 짜이(밀크티) 집에서 짜이를 마시며 나는 북인도 체스대회에서 2등을 했던 주인 형과 체스를 두며 시간을 보냈다. 해가 바다 위로 지고 나면 생선 레스토랑 앞에서 그날 들여온 싱싱한 생선의 값을 흥정해서 산 재료로 요리를 해서 저녁을 먹고 밤엔 어둑해진 해변에서 샌들을 벗고 산책을 했다. 하지만 느긋하고 행복했던 여행도 이제 다 끝나가고 며칠 뒤면 한국으로 돌아가야 한다.

여행을 시작할 때는 어떻게 1년을 돌아다녀야 할지 막막하고 두려움이 컸다. 그러다 보니 처음 서울을 떠나 중국에 갔을 때 혼자서 숙소 앞 거리를 나가는 것조차 꺼렸고 매일 매일의 이동과 후텁지근한 더위 때문에 감정 기복이 컸다. 또 사춘기 나이에 부모님과 24시간 내내 붙어 지내는 것이 힘들었다. 한국에 있을 땐 부모님과 사이가 좋다고 생각했었는데 막상 여행을 오랜 시간 다녀보니 서로가 아직도 몰랐던 부분이 많았고 서로에게 신경 쓸 부분이 많다는 것을 알게 되었다. 그리고 한국에서 좋아하던 스마트 폰이나 컴퓨터 없이 지내는 것에도 적응해야만 해서 인내심이 필요했다.

다행히 전체 여행의 중반쯤인 독일에서부터 우리 가족은 약간의 안정감을 느끼기 시작했다. 별것 아닌 소소한 이야기라도 꾸준하게 부모님과 대화해서 그런지 아버지와 어려운 이야기를 할 때면 말문이 막히던 내가 조금씩 말을 하기 시작했다. 프랑스에선 내가 작년에 숨겨오던 잘못들도 속 시원히 털어 놔서 후련하기도 했다. 여러 나라의 박물관과 미술관에서 끊임없이 새로운 작품들을 보며 세상에 대단한 예술가들이 많다는 것에 놀라워했고 숙소에 돌아와 그림을 그리며 하루를 마치는 것이 즐거웠다.

그러나 여행의 후반엔 평범한 일정에도 내가 쉽게 지치곤 했던 것 같다. 파리의 박물관에서 새롭고 놀라웠던 것들도 점차 익숙해지니 다 비슷해 보였고 베를린에 머물 땐 '이제는 단조로움에서 잠시 벗어나 치열한 삶을 살아보면 어떨까?'라는 배부른 생각을 하기도 했다. 그래서 그런지 오스트리아에서 에공 실레의 그림을 봤을 때 완전히 다른 느낌을 받아 그의 그림에 푹 빠졌던 것이 아닐까 싶다. 이전의 그림들이 어떤 형식을 따른 것이라면 에공 실레의 그림은 좀 괴기스럽기도 하고 자신의 분노나 슬픔을 솔직하게 표현한 그림 같아서 좋았다. 그 이후로도 로마와 스페인, 포르투갈에서 여전히 미술관 관람을 끝없이 해야만 했지만 나라가 달라지면 그 나라에 맞는 종교화가 그려지고 또 그 나라 사람들이 좋아하는 화가들이 있어서 나라별 사람들의 예술적 취향을 아는 데 도움이 되기도 했다.

유럽에서 인도로 온 것은 또 다른 하나의 전환점이 되었다. 어디로 튈지 몰라서 마주치는 것 자체가 걱정되는 인도 사람들과 얘기를 나누고 오토바이를 타고 함피의 비포장도로를 달리면서 나는 작은 자유를 맛볼 수 있었다. 함피와 팔로렘에서 지낸 시간은 앞선 여행지에서와는 다른 경험을 할 수 있었다.

다시 팔로렘으로 돌아오기 며칠 전 따뜻한 함피에서 한국의 새해를 맞았다. 시차가 다른 걸 계산하느라 시계를 들고 이리저리 뛰어다니다가 해가 바뀌는 순간 부모님과 포옹하면서 기뻐했다. 어린 내가 15년을 살면서 1년이라는 시간을 완전히 기억할 수 있는 한 해를 보냈다는 것이 감사했다.

이제 여행을 오기 전에 걱정했던 것처럼 학년이 멈춘 상태로 학교에 다시 돌아가야만 하지만 후회는 없다. 부모님과 사이가 더 좋아졌고 뚜렷하지 않지만 나도 많이 변한 것 같다. 돈이 많아서 하고 싶은 걸 다 하면서 사는 사람들, 자신의 자유를 위해 필요한 만큼만 일하며 사는 사람들, 직장에 얽매인 사람들, 무의미한 삶을 지내는 사람들도 보았고 너무 가난해서 꿈만 꾸는 사람들도 보았다. 세계 여행에서 여러 인종, 나이와 관계없이 다양한 삶의 모습을 보면서 내가 앞으로 어떻게 살아야 할지 왜 열심히 살아야 할지 생각해 보며 지낸 것 같다. 한국에 돌아가 여행 중에 구상한 내 꿈을 이루기 위해 노력하고 마음이 통하는 친구들과 내가 다녀간 여행지들에 다시 올 수 있길 바라며 나는 이제 한국으로 돌아간다.

아름다운 기억을 함께한 우리 가족을 그리다